La Dame Chevalier

A. Z. Cordenonsi

E a Mesa Perdida de Salomão

Editor: Artur Vecchi
Textos: A. Z. Cordenonsi
Projeto Gráfico e diagramação: Vitor Coelho
Ilustração de capa:
Desenho: Gabriel Fonseca
Cor: Mariane Gusmão
Design de capa: Vitor Coelho
Revisão: Giliane Bernardi
Impressão: Gráfica Odisséia

1ª edição, 2019
Impresso no Brasil/ Printed in Brazil

Dados Internacionais de catalogação na Publicação (CIP)
(Câmara Brasileira do Livro, SP, Brasil)

C 794
Cordenonsi, A. Z.
La Dame Chevalier e a mesa perdida de Salomão / A. Z. Cordenonsi.
Porto Alegre : AVEC, 2019.

ISBN 978-85-5447-059-3

1. Ficção Brasileira
I. Título

CDD 869.93

Índice para catálogo sistemático: 1. Ficção : Literatura brasileira 869.93
Ficha catalográfica elaborada por Ana Lucia Merege – 467/CRB7

Caixa Postal 7501
CEP 90430-970 – Porto Alegre – RS
contato@aveceditora.com.br
www.aveceditora.com.br
@aveceditora

CONTINENTE AFRICANO

Divisão Política 1927

PRÓLOGO

Paris, 1902

A luz do holofote aéreo ultrapassou a sombra dos edifícios, formando linhas longitudinais alongadas por entre os caixilhos da janela. Elas se moveram lentamente, como um comboio que se afastava da estação, ultrapassando a lareira, o sofá, a cristaleira e, por fim, os dois rapazes que estavam de guarda. Rígidos em seus uniformes negros e luvas prateadas, um deles piscou para a luz, incomodado.

— Maldito Dumont! — rosnou ele, erguendo um punho para o dirigível que patrulhava os céus de Paris, um dos vários projetados pelo engenheiro Alberto Santos Dumont para a Sûreté francesa.

O outro apenas respondeu com um cenho talhado por uma linha escura. Estavam a serviço, guardando a entrada. Não via motivos para comentários. Além disso, a voz do colega atrapalhava os sons que escapavam do quarto. O Doutor estava lá há algum tempo. Não seria preciso esperar muito, pensou o rapaz, com um sorriso duro.

Do outro lado do pequeno sobrado, o Doutor lavava as mãos. Rios de sangue escorriam de seus dedos enquanto um soldado segurava a jarra para despejar a água límpida sobre os punhos rubros. Ele enxugou as mãos e limpou os óculos antes de deixar o quarto e seguir para o corredor, onde encontrou o Capo, que ergueu as sobrancelhas.

O Doutor apenas balançou a cabeça negativamente.

Com um gesto longo, o Capo passou a mão na cabeça raspada e afundou o resto do charuto em um cinzeiro que segurava no colo. Engoliu a saliva antes de se levantar. Sua mente vagou pelos pesadelos de outras noites, memórias vívidas dos procedimentos do Doutor em suas vítimas, e seu estômago revirou. Apertou a língua contra o céu da boca, pensando no que significaria tudo aquilo quando chegasse seu dia de prestar contas às hostes divinas.

Desde que fora batizado na organização, há quase vinte anos, nunca tivera tantas dúvidas. A busca, que parecia impossível, se tornava cada vez mais tangível. E quanto mais próximos estavam de sua realização, mais sangrentas estavam as suas mãos.

"Nossa vitória é certa, pois descendemos da antiga raça. Somos os escolhidos. Somos os anjos do divino", lhe dissera o capelão em sua última confissão.

Mas mesmo as vitórias poderiam ser amargas. Criado em uma família católica, abandonara a falsa Bíblia quando fora batizado. Mesmo assim, uma passagem de São João insistia em aparecer em sua mente ao meditar sobre as palavras do padre.

"No céu, havia anjos carregando armas selvagens".

Ele alcançou o quarto de paredes forradas de papel e janelas cobertas por longas cortinas de lã trançada. A cama de madeira clara repousava sobre um tapete ovalado cor de areia, escondendo o piso gasto. O espelho da penteadeira lançou um olhar inquietante quando o vulto de negro passou por seus domínios, uma mancha escura no retiro claro.

Apertando os lábios, se aproximou dos dois prisioneiros, encarando o único olho aberto do homem, que cuspia sangue no chão. Seu nariz estava quebrado e hematomas marcavam seu rosto. As mãos, presas atrás da cadeira, foram quebradas e suas coxas perfuradas por pregos. O sujeito tentara berrar por socorro, mas logo aprendera que qualquer tentativa de chamar a atenção para o que acontecia dentro da residência era respondida com mais chutes e socos. Não em si, mas em sua esposa.

A mulher que estava ao seu lado não parecia estar em melhores condições. O Doutor tentara extrair dela as informações que foram ordenados a recuperar, mas os resultados foram absolutamente insatisfatórios. O Capo sabia que não havia nada mais estimulante para a memória do que a dor. Talvez os dois realmente não tivessem as informações que buscavam. Talvez estivessem enganados, afinal.

Com uma sensação de angústia, reconheceu que isso, agora, era irrelevante.

Com cuidado, retirou a mordaça da boca do homem e perguntou uma última vez.

— *Il tavolo, professore.* Onde está *il tavolo di Salomone?*

O homem balançou a cabeça, tremendo.

— Eu... não sei — resmungou ele, em súplica. — Ninguém sabe. A Mesa de Salomão desapareceu há séculos!

O Capo suspirou fundo e fez um gesto compreensivo para o homem, recolocando a mordaça em sua boca. Então, se virou para os dois soldados que permaneciam na sala.

— Recolham tudo — disse, em italiano. — Peguem todos os documentos e arquivos e preparem os focos. A casa deve queimar por inteiro.

Os soldados trocaram um rápido olhar, que não passou despercebido pelo Capo.

— O que foi?

— *La bambina* — disse um deles. — A menina que está dormindo no andar de cima. A filha deles.

Uma pontada surgiu em sua cabeça, perto do lóbulo esquerdo, lancetando o globo ocular. A sua mão tremeu quando puxou um frasco dos bolsos. Ele desrosqueou a tampa e engoliu rápido duas cápsulas, a seco. Seus olhos se fecharam por um momento e, então, voltou a respirar. Não esquecera da garotinha nem por um momento, mas não havia nada que pudesse fazer. As regras eram claras: sem testemunhas, sem deixar ninguém para trás.

— Façam o que mandei — rosnou de volta.

Os soldados se empertigaram em uma pose militar e rapidamente deixaram o quarto para cumprir as ordens.

— E os dois? — perguntou o Doutor, da porta, enquanto apontava para o casal com os olhos.

— Você sabe o que fazer — respondeu, incapaz de anunciar em voz alta as palavras de mais uma condenação.

Ele tentou se afastar, mas o Doutor parecia ter outros planos.

— *Il ragazzo* — lembrou ele, colocando uma mão nos seu ombros. — Eles ainda não foram batizados.

— O batismo rubro — murmurou, com um arrepio.

Lançou um olhar para o casal condenado. Eles estavam mortos. Nada poderia salvá-los agora. Mas se fizesse a vontade do seu assassino, talvez novas vítimas pudessem ser salvas.

A racionalização da matança, pensou. *Meu Deus, onde fomos parar?*

— Traga-os aqui — disse, num sussurro.

No tempo de acender um charuto, o Doutor voltou com os dois rapazes que estavam de guarda lá fora. O primeiro, um sujeito de cabelos loiros e olhos muito azuis, trincou os dentes ao ver o casal torturado. O segundo apenas lançou um olhar de desprezo, examinando os machucados com certa curiosidade.

— *Battesimo rosso* — resmungou, fazendo um gesto com a cabeça em direção ao casal. — Vocês sabem o que fazer. *Tu per primo.*

Ao receber a ordem, uma grossa gota de suor escorreu das mechas loiras do garoto até o seu pescoço. Ele engoliu em seco e deu dois passos curtos até o homem, puxando a pistola do coldre escondido. Seu braço tremia. A pistola foi erguida até a cabeça do sujeito, que se virou para a mulher. O olhar de uma vida inteira escorreu em um segundo.

O Capo piscou quando a arma foi engatilhada e, então, piscou novamente, escorregando para a escuridão, que lhe parecia cada vez mais reconfortante. Escuridão, esquecimento e estupidez.

Seus olhos se abriram com um espanto genuíno. Não fora o som abafado de um tiro de uma arma com silenciador que lhe despertara, mas o toque cálido do metal no tapete felpudo. Com a arma no chão, o rapaz deixou o quarto correndo, as lágrimas que faltavam em si transbordando na alma do jovem.

O Doutor praguejou e seus olhos brilharam em vermelho, o que não passou desapercebido pelo Capo. O rapaz estava condenado. Seria executado com requintes de crueldade; um lembrete macabro para aqueles que ousavam desafiar a organização. Furioso, se virou para o segundo soldado.

— E tu? Também é um frouxo?

O rapaz sacou a própria arma e foi até o casal. Ele pousou o cano sobre a têmpora do homem, como lhe foi ensinado, e disparou. Com o cano silenciador instalado na arma, o único som que ecoou no quarto foi o do crânio estilhaçado. A mulher tentou berrar de dor e horror, mas sua agonia durou pouco. Um segundo disparo liquidou a questão.

Sem hesitação.

O rosto do rapaz estava salpicado de gotas de sangue, assim como suas mãos e o uniforme negro. Não importava. Sangue poderia ser lavado. A honra, nunca.

O Capo assistiu a tudo e precisou engolir a bile em uma longa baforada. A frieza do rapaz parecia dardejá-lo pelos olhos. Por um momento, perguntou-se se já tivera aquele olhar e, então, percebeu que não gostaria de saber a resposta.

O Doutor o encarou e ele abandonou estes pensamentos impuros. Agora era preciso seguir o rito.

— *La pistola* — pediu, estendendo a mão e recebendo a arma do rapaz. Com um gesto calculado e protocolar, notou o cano quente e o cheiro amargo da pólvora recém-disparada.

— Erga o braço — disse.

O rapaz estufou o peito e seguiu as palavras em latim proferidas, repetindo uma tradição que poderia ser rastreada até os tempos romanos. Ou, se fosse acreditar no que lhe diziam, até mesmo a Rômulo e Remo, os mitológicos fundadores de Roma, os gêmeos que foram alimentados por uma loba e cresceram para fundar o mais importante império de toda a história.

Cumprido o juramento, devolveu a arma para o rapaz, que se tornara, agora, um *soldato* da Ostia Mithrae.

O rapaz agradeceu com uma saudação e parecia prestes a sair, quando foi impedido por um gesto. Em uma organização clandestina, nomes eram evitados, mas o Capo simplesmente precisava saber.

— Qual é o seu nome, rapaz?

O jovem pareceu não se importar. Ele se empertigou em uma saudação militar, levou a mão à testa e respondeu.

— Soldado Benito, *signore!*

***

Uma hora depois, os bombeiros foram chamados às pressas para o Quarto Arrondissement de Paris. Um sobrado estava em chamas e, entre o crepitar das labaredas, havia o choro de uma criança no segundo andar. A roda da engrenagem do Destino girou pela primeira vez quando um dos soldados do batalhão ignorou as ordens do capitão e invadiu a casa para resgatar o bebê de um berço em chamas. O homem acabou condecorado; a criança, após passar seis meses no hospital, foi entregue para o tio-avô, a única família que lhe restava.

— Vamos embora — disse o velho, sussurrando para a pequena criança que dormia de lado, para que as queimaduras não arranhassem no tecido. — Está na hora de ir para casa, minha pequena fênix.

1

Paris, 1927

Apenas o tiquetaquear de um grande relógio de carrilhão acompanhava o movimento do lápis riscando um bloco de notas amarelado. Às vezes, o farfalhar das folhas girando de um lado para o outro precedia um grande silêncio e, então, o lápis riscava furiosamente o papel novamente.

Apesar do sol límpido que nascia lá fora convidar os parisienses aos seus jardins e praças, aquele não era um movimento particularmente incomum. Afinal, a biblioteca do Museu Nacional de História Natural era um ponto de encontro tradicional para pesquisadores e professores de toda a Europa. Seus salões de soalhos de marfim e esculturas nas paredes foram testemunhas de inúmeros debates, descobertas valiosíssimas e, de vez em quando, alguma celebração regozijando o sucesso de uma expedição.

Menos incomum era alguém estar consultando seu vasto acervo tão cedo. E se nos aproximássemos mais, notaríamos que havia outros aspectos inusitados na única consulente daquela manhã ensolarada.

Primeiro, a pesquisadora parecia muito mais jovem que a maior parte dos estudiosos que circulavam pela biblioteca. Segundo, ela possuía um drozde, o que era incomum para alguém da sua idade. Os pequenos animais mecânicos se tornaram obsoletos depois da Grande Guerra, findada há apenas uma década. Durante os quatro anos de um conflito sangrento que se espalhou por boa parte do globo, todos os esforços haviam se centrado na indústria bélica. Os herdeiros de Jaquet-Droz substituíram a fabricação de drozdes pela produção de próteses mecânicas. Com quase vinte milhões de mortos e o dobro de feridos, era impensável gastar tempo, aço e esforços em algo supérfluo. Após a guerra, a Europa estava devastada. A fome alcançara a maior parte dos países, contribuindo para a pandemia de gripe espanhola de 1918, que matou quase cem milhões em todo o planeta. O drozde da jovem, no entanto, não saíra de uma linha de montagem. Projetado e construído por uma engenheira excepcional, o pequeno animal mecânico fora deixado como herança para a pesquisadora.

Desde então, o escorpião de aço se tornara um companheiro inseparável em sua vida solitária. Afinal, mesmo antes da peculiar ocupação que arranjara, seus colegas mantinham reservas. Não os culpava de todo. Afinal, as cicatrizes que cobriam boa parte de lado esquerdo do seu corpo eram medonhas. A pele avermelhada e repuxada seguia do seu braço até a perna. Durante o verão, usar mangas compridas era um verdadeiro inferno, mas melhor do que receber olhares que vagavam entre o horror e o compadecimento. Durante boa parte da juventude, precisou conviver com o desprezo e zombaria, trocando os passeios no parque por longas horas na biblioteca.

Mas as mangas não eram a única parte da vestimenta que a distanciava das jovens damas parisienses. Ela não vestia um terno ou uma saia comportada. Na verdade, usava um conjunto de calças curtas de lã, largas e folgadas ao redor do quadril e com um botão de punho um pouco abaixo do joelho. Meias grossas seguiam até um par de botas e, acima da cintura, usava um colete de couro e uma camisa de gola alta. Um par de suspensórios completava o vestuário.

Ela até poderia ser confundida com alguma esportista, afinal, o figurino e as calças eram comuns entre as mulheres que praticavam golfe, caminhadas, equitação ou mesmo tênis. Mas nenhuma delas, até onde se sabia, trazia um nunchaku preso na cintura ou um goggles de uso exclusivo do Bureau na lapela.

De qualquer modo, era esperado algum tipo de excentricidade para a dama em questão. Afinal, somente uma pessoa em todo o Império Francês poderia ostentar o título de...

— La Dame Chevalier?

A agente terminou de copiar a frase que estava anotando de um grande livro e levantou os olhos para o funcionário do museu.

— O que foi, Pierre? — perguntou, soltando a respiração com certo desolamento.

Pierre sorriu amarelo e sua perna mecânica soltou um pequeno chiado. Veterano da Batalha de Verdun, sobrevivera após se arrastar por quase um quilômetro entre as trincheiras inimigas. O governo recompensara sua bravura com um emprego burocrático no museu. Mesmo assim, não tinha do que reclamar. Fora o único sobrevivente do batalhão, ganhara uma prótese por ser veterano de guerra e recebia um salário. A maior parte dos ex-combatentes esmolava pelas ruas de Paris para tentar sobreviver. Sempre que podia, Pierre deixava uma parte do salário no clube dos veteranos.

Pouco a pouco, se acostumara à rotina do Museu e suas excentricidades. Entre elas, a jovem Chevalier. Todos sabiam que a agente não gostava de ser interrompida quando estivesse pesquisando. Na verdade, trazer à agente qualquer assunto que não fosse relacionado a acontecimentos ou pessoas que não estivessem mortos há pelo menos mil anos atrás era flertar com o desastre.

E só havia um motivo para que os bibliotecários chamassem por ela.

— Tenho um recado do Bureau — ele informou, em tom polido.

Ela estendeu a mão, lendo o bilhete com rapidez. Depois de agradecer a Pierre, fechou os livros. Enquanto o bibliotecário juntava os volumes para levá-los de volta às estantes, Chevalier recolhia suas anotações e estendia a mão para que o escorpião mecânico subisse até se acomodar em um bolso da sua camisa. Pouco depois, suas passadas foram ouvidas deixando o salão.

Duas salas à frente, uma voz atravessava uma dúzia de estudantes antes de irradiar para o corredor. Chevalier apressou o passo, dizendo para si mesma que não queria atrapalhar. O argumento era sempre o mesmo e a mentira, mesmo repetida dezenas de vezes, não parecia mais real a cada dia.

"Comprometimento! Arqueologia é baseada nisso, senhoras e senhores. Comprometimento! O mundo está repleto de escavadores sem formação. Pilantras. Ladrões. Caçadores de tumbas. Não buscamos a riqueza, mas, sim, *a verdade!*"

Suas passadas se tornaram mais rápidas. Ela recusou-se a olhar para os lados enquanto atravessava as portas abertas, onde o Prof. Chacarral discursava aos candidatos a uma vaga em um dos mais prestigiosos cursos de Arqueologia da França e de toda a Europa.

"Sem comprometimento, meu tempo e o de vocês será desperdiçado. Não tolerarei isso!"

As faces da Chevalier se enrubesceram. Ela não sabia dizer se o professor a reconhecera ou não. Não sabia e não se importava, disse uma voz em sua mente.

Engolindo mais uma vez a mentira, abandonou a biblioteca e seguiu para o verão caloroso de Paris.

Chevalier seguiu pelos jardins até alcançar o magnífico prédio da Galeria Zoológica, uma construção neogótica, repleta de colunas e afrescos. Ali, seguindo a tradição museológica em voga, os grandes animais eram apresentados no centro, como em um desfile, enquanto as demais coleções eram distribuídas ao seu redor. Mesmo já conhecendo exaustivamente cada uma das peças em exibição, Chevalier ainda se impressionava com os exemplares empalhados e com as grandes ossadas dos dinossauros extintos há milhões de anos. Mas ela estava com pressa, por isso passou rapidamente pela ala dos paquidermes, dos grandes felinos e das girafas e foi até a Ala Glacial, onde a recém-inaugurada estátua de um mamute se tornara ponto obrigatório para todos os visitantes do museu.

Deixando o elefante peludo para trás, seguiu em frente pelo corredor e dobrou à direita, onde a ossada de um tigre dentes-de-sabre a encarava com um ar ameaçador.

— Olá, Gaston — cumprimentou ela, antes de se dirigir a uma estranha porta de manutenção, que não parecia ter maçaneta ou chave. Depois de olhar cuidadosamente para os lados e ter certeza de que não havia ninguém a vista, levantou a pequena plaqueta de metal que havia no centro da porta.

Atrás da plaqueta, só havia uma lente circular escura. Ela aproximou o olho e manteve a sobrancelha aberta, mesmo quando um brilho muito intenso espocou por um momento. Enquanto piscava por uma ou duas vezes, uma série de engrenagens girou no interior da parede, liberando sua passagem.

O apartamento escondido da atual Chevalier era moderno, apesar das instalações um tanto insalubres do subsolo da Galeria. Dois respiradores movimentados por um motor que zumbia baixinho traziam o ar fresco lá de fora. Na sala, um sofá de linhas quadradas fora disposto na frente de duas poltronas de madeira com um espaldar reto. As paredes eram claras e apenas um quadro, escolhido por acaso, fora emoldurado em cima da lareira. Jornais e revistas estavam espalhados em diversas pilhas pelo chão e no tapete simples. Na mesa, torres de livros erguiam-se como bastiões contra hordas culinárias de xícaras de café amargo, pratos sujos e rosquinhas endurecidas.

Chevalier espirrou. Justine havia modificado o encanamento para puxar o ar do Jardim Botânico. Assim, dissera ela, as duas não precisavam ter flores ali embaixo para perfumar o ar. A ideia até poderia soar interessante, mas o problema é que ela funcionou bem *demais*. O perfume das flores que brotavam no Jardim formava uma densa névoa em todo o apartamento, tornando o ar quase irrespirável. Quando a garota fosse embora, nas próximas semanas, pretendia trocar os encanamentos novamente.

O encanamento e várias outras coisas, pensou, com um sorriso. Finalmente, após vários anos, voltaria a viver sozinha.

Mas, por hora, manteria a vontade de Justine. Já tinha problemas demais com a adolescente para criar um novo sem necessidade.

Bateu na porta da garota por uma vez e, na segunda, chamou.

— Justine! Acorde, Justine. Precisamos ir.

Alguns momentos depois, a porta se abriu e uma garota alta, de cabelos cor de caramelo e os olhos repletos de remela apareceu, bocejando. Um drozde suricato saltou até o seu ombro e encarou Chevalier com o cenho franzido. A agente sorriu. Provavelmente ali estavam os dois únicos drozdes de toda Paris. Se fosse dar crédito aos Arquivos da Sûreté, o apartamento escondido seria um alvo perfeito para os Animalistas, um grupo terrorista que atuara na Europa durante a passagem do século. Eles acreditavam que a sociedade se tornara escrava dos animais mecânicos e que era preciso dar um basta. O grupo foi ignorado pela polícia e insultado pela imprensa, mas acabou ganhando notoriedade após plantar uma bomba em uma das fábricas de Jaquet-Droz. Doze funcionários morreram no incêndio. A Sûreté entrou em ação e uma caçada humana teve início. Durante quase uma década, o grupo aterrorizou Paris e as principais capitais europeias, matando quase uma centena de pessoas.

O grupo acabou desmantelado há décadas, muito antes dos drozdes desaparecerem da sociedade apenas porque a vida seguiu seu curso. Se eles soubessem que seus objetivos seriam atingidos em poucos anos, teriam agido da mesma forma? Chevalier achava que sim. Não havia nada mais perigoso do que um ideal. Principalmente se este ideal fosse estúpido.

— Que horas são? — resmungou a garota.

— Fui chamada ao Bureau.

A garota reclamou entre bocejos.

— E daí? Não vou destruir o apartamento enquanto você brinca de soldadinho.

Chevalier apertou os dentes.

— Na verdade, você *quase* destruiu o apartamento enquanto estive fora da última vez. Não vou cometer o mesmo erro. Vamos.

Justine resmungou alguma coisa que Chevalier preferiu não se esforçar para entender. A garota voltou-se para o próprio quarto e começou a se trocar.

— É uma missão? — ela perguntou, enquanto arrancava os pijamas e colocava uma camisa de mangas longas com um grande macacão por cima, abotoado no peito.

— Eu tenho um chamado — corrigiu Chevalier. — E não vá ficando muito entusiasmada. Suas aulas começam em algumas semanas.

— Nós precisamos conversar sobre isso — resmungou Justine.

— Não, não precisamos — disse Chevalier, irritada. — Você vai para a faculdade, conforme era o desejo de sua mãe.

— Minha mãe não está mais aqui.

Chevalier suspirou fundo, tentando se lembrar de quantas vezes já ouvira ou repetira os argumentos que estava prestes a usar.

— Eu sei, *mon cheré* — disse, em tom ameno. — Mas este foi o seu último desejo, *non*? E você não vai desrespeitar o último desejo de Juliette, não é?

— Eu poderia lhe ajudar — a garota disse, lavando o rosto em uma pia que ela mesma instalara no quarto. — Aliás, eu sempre lhe ajudo — insistiu.

— Não tenho dúvidas disso, mas você terá a vida inteira para desperdiçar no Bureau após a faculdade — repetiu Chevalier.

— Isso não é justo — resmungou a garota, enfiando uma boina na cabeça.

— Isso é a vida — corrigiu Chevalier, parando um minuto para observar o rosto em um espelho. As olheiras, fruto das horas gastas junto aos livros, pareciam particularmente amareladas aquela manhã. Ela franziu o cenho, beijou a medalhinha da Fênix, que ganhara do tio-avô muitos anos atrás e, então, saiu do apartamento, com Justine em seus calcanhares.

Após deixarem o prédio para trás, seguiram pelos jardins do Museu até alcançar as vias circulantes de Paris, um intrincado sistema capilarizado formado por vielas, canais, avenidas e trilhos. As calçadas já estavam apinhadas de gente e os cafés pareciam uma floresta de chapéus palheta, gravatas, xícaras e copos. Nas esquinas, filas indicavam a chegada dos jornais matutinos e, nas ruas, automóveis e ônibus disputavam o espaço com as poucas carroças que ainda resistiam à passagem dos anos.

Com o passo rápido, elas seguiram a multidão que desaparecia em uma escadaria que ia ao subsolo. Depois de vários anos, a *locomotive* pneumática, uma das maravilhas construídas pelo falecido ministro Verne, dera lugar às modernas linhas do metrô subterrâneo, conduzidos por locomotivas a diesel.

A *locomotive* ainda funcionava, era claro, mas seus ocupantes eram turistas em sua maioria, casais e famílias que se deliciavam em ver a cidade a partir do alto.

Chevalier e Justine usaram seus passes especiais para ultrapassar a catraca e, logo, já estavam acomodadas em um dos vagões de aço platinado que as levou das cercanias da Notre Dame até o Canal du Lac, onde desembarcaram. Ali, tomaram uma das lanchas oficiais do Bureau e seguiram até a sede da principal agência de investigação e espionagem do Império Francês.

O local já estava apinhado de agentes andando de um lado para o outro, com pastas embaixo dos braços, cigarros presos na boca e expressões taciturnas. Máquinas datilográficas eram ouvidas à distância e fotos eram comparadas. O império era vasto e o Bureau era responsável pela segurança dos cidadãos franceses em locais tão remotos como Madagascar, a França Antártica ou a Austrália Francesa. Em algum lugar, sempre havia um conflito a ser debelado, uma conspiração a ser descoberta ou um crime a ser investigado.

Chevalier bateu em uma porta, notando que uma placa fora recentemente arrancada do batente. Ela escondeu um sorriso e entrou.

— Olá, agente — disse um homem sentado atrás de uma escrivaninha, fazendo um gesto para que ela se aproximasse.

— Major René Durand, eu suponho — disse Chevalier, lembrando-se do memorando que recebera alguns dias antes. Ela se aproximou com os modos evasivos, enquanto esquadrinhava o sujeito.

Ele era bem mais jovem que o antigo comandante, mas, como qualquer oficial francês, suas feições eram muito semelhantes. Queixo quadrado, bigode pontudo, sobrancelhas grossas. Não esperava algo diferente.

No entanto, os olhos de Durand não pareceram buscar sinais de suas cicatrizes em seus pulsos. Isso, sim, era algo digno de nota.

— É uma honra conhecê-la finalmente — disse Durand, arrancando a agente de seus pensamentos. — Meu antecessor falava muito bem de você.

— Realmente? — Chevalier disse, erguendo uma sobrancelha. — Que interessante. Até onde me lembro, ele pediu o meu afastamento quase uma dezena de vezes.

— Na verdade, foram onze vezes — disse Justine.

A agente se virou e encarou sua protegida com uma expressão de dúvida marcando o rosto.

— Teve aquela vez por causa da rebelião em Tanganika, lembra?

— Aquilo não foi um pedido de afastamento — retrucou Chevalier. — Foi mais uma recomendação.

— Hã-hã — pigarreou Durand, chamando a atenção das duas. — De qualquer forma, isso são águas passadas. Espero que a nossa relação seja menos tempestuosa, por assim dizer.

— Eu não crio tempestades, Major, mas não tenho problema em navegar por elas.

Justine sorriu e Durand fechou a cara. Ele se arrumou na cadeira e resolveu seguir direto ao tema.

— Na verdade, o assunto que a traz aqui tem a ver com o Major Boucher. Assim que assumi, pedi os seus arquivos, agente.

Chevalier piscou os olhos e abriu a boca, mas o Major foi mais rápido do que ela.

— Precisava descobrir com quem estava lidando — ele disse. — É minha obrigação me manter preocupado com o que acontece no Bureau.

— É justo — concordou ela, com um resmungo. — E daí?

Durand pegou uma pasta preta com os dizeres *confidentiel* de dentro de uma das gavetas e a colocou em cima da mesa, entre o telefone e uma máquina de teletipo, que despejava informes de tempos em tempos. Chevalier a encarou, mas não fez comentários enquanto ele abria a folha de papelão e examinava os papéis.

— Os documentos estão em ordem — ele disse, comentando enquanto passava de um papel para o outro. — Ao assumir o manto da Chevalier, sua certidão de nascimento foi suprimida, assim como todos os registros escolares e quaisquer outros que a mencionassem. Para todos os efeitos, sua antiga identidade foi apagada.

— Sei disso, Major — disse ela. — Fui informada do que aconteceria antes que aceitasse o cargo.

— Não tenho dúvidas disso — Durand disse, chegando até o último documento. — No entanto, isso me chamou a atenção — falou, puxando a folha e a passando para a agente.

Só havia uma única anotação ali. E com todo o treinamento que tivera nos arquivos do Bureau, não fora difícil reconhecê-la.

— Uma *segunda* pasta? Por quê?

Durand balançou a cabeça e voltou a abrir a gaveta, retirando uma pasta vermelha. Pelo que Chevalier se lembrava da catalogação, aquela era uma pasta de investigação especial.

— Eu recolhi a pasta imediatamente — disse ele, parecendo irritado por um momento. — Qualquer informação sobre nossos Chevalier deve permanecer secreta e é uma falha terrível de segurança que estes dados tenham permanecidos públicos.

— Quem produziu esta investigação? — perguntou ela, mesmo que já soubesse a resposta.

— O Major Boucher — disse Durand, parecendo desconfortável. — Já levei o caso para o Comissariado do Bureau. Eles vão tratar da questão.

— Ou seja, vão ignorar os desmandos do Major Boucher, como sempre — resmungou Justine.

— Quieta, Justine — disse Chevalier, apesar de estar pensando exatamente a mesma coisa.

— O Major me investigou — ainda disse, depois de um momento, enquanto tentava conectar os pensamentos. — Bem, não posso dizer que estou surpresa. Ele quis a minha expulsão desde que a Imperatriz Catarina tomou a sua decisão.

Durand dispensou este comentário com um aceno.

— Tenho ciência da animosidade entre vocês e, a bem da verdade, não a teria chamado apenas pela decisão equivocada do Major. O problema é que ele realmente descobriu algo.

— O quê? As minhas notas ruins em aritmética? — gracejou ela, irritada.

— São documentos sobre os seus pais.

As palavras a atingiram como um soco. Ela precisou segurar a respiração, que parecia querer engolfá-la enquanto as cicatrizes no seu braço ardiam. Ela apertou a medalhinha da Fênix por um momento.

— Meus pais morreram em um incêndio — finalmente disse, com a voz controlada.

Durand apenas estendeu os documentos. Chevalier deu um passo à frente e pegou os papéis.

Não precisou mais do que alguns segundos para reconhecer o que segurava. Como agente dos arquivos do Bureau, aprendera a catalogar e organizar a papelada que chegava, era produzida ou saía da agência. Mais tarde, como Chevalier, tivera a duvidosa primazia de ler em primeira mão aquele tipo de documento. Eram autópsias. Autópsias realizadas em seus pais logo após o incêndio que a deixara órfã para todo o sempre.

As palavras entravam e saíam de sua mente em alta velocidade. Não tinha recordações dos pais, que faleceram quando ela mal tinha alguns meses de vida. Por toda sua vida, suas lembranças eram de segunda mão, principalmente do tio-avô, que a criara, e de alguns poucos amigos que mantiveram contato. Agora, lia naquele relatório algo que compartilhava com eles além de seus genes. As cicatrizes e as queimaduras, o horror da pele retorcida, a dor indescritível que a atacava de noite, entre seus pesadelos. Os pais, que assim como ela, vivenciaram a horrível experiência de um incêndio. A morte que os atingiu entre os escombros, queimados pelas chamas que…

Ela parou, saltando direto para a causa da morte. Sua respiração se tornou mais curta e ela virou a folha atrás de mais detalhes. Então, passou para o segundo documento, a autópsia da sua mãe, que trazia o mesmo resultado. As conclusões eram claras.

— Meus pais foram assassinados? — ela perguntou, com a voz em um sussurro.

Justine saltou da poltrona como se alguém tivesse lhe espetado com uma agulha. Um segundo depois, ela estava saltitando atrás da Chevalier, que era uns bons vinte centímetros mais alta do que a garota, olhando arregalada para os documentos.

— Um tiro na cabeça — murmurou Justine, colocando as mãos na boca e dando um passo para trás, sem saber o que dizer. Ela olhou para a nuca de Chevalier enquanto tremia.

— Sim, *mademoiselle* Justine — disse Durand, com a voz baixa. — É o que diz o relatório. Um tiro na têmpora, para ser mais exato, com uma munição oca.

— Eles foram executados — repetiu Chevalier. — E foram torturados antes, se entendi direito — concluiu, chacoalhando os documentos.

Durand respondeu apenas com um assentimento quase imperceptível.

Chevalier puxou o ar, sentindo o diafragma se comprimir.

— E o Major Boucher descobriu isso há quase dois anos, se a data de abertura do arquivo está certa — ela rosnou. — E os arquivos *nunca* mentem.

— Não, creio que não — disse Durand. — Mas, a despeito da má vontade do Major Boucher, isso de pouco adiantaria, agente. Os crimes aconteceram há mais de vinte anos. Não temos pistas nem ideia do motivo.

— Então, por que me chamou aqui? — perguntou Chevalier, irritada demais para manter o respeito protocolar. — Por caridade?

— Não, *agente* Chevalier — retrucou Durand, erguendo uma sobrancelha. — Foi por causa deste relatório, que chegou às minhas mãos ontem à noite.

Ele estendeu uma pasta verde para Chevalier, que a agarrou sem rodeios. A cor era inequívoca: era um relatório militar. E seu conteúdo era muito parecido com os documentos que acabara de examinar. Uma autópsia, realizada no soldado Bertrand, assassinado dentro do hospital militar de Tânger.

Um tiro na têmpora. Uma bala oca.

— É o mesmo tipo de arma — ela disse, depois de comparar os dois relatórios. — E o mesmo tipo de bala.

— Um assassino apegado à tradições — rosnou Durand, batendo com o dedo no tampo da mesa. — Esta não é uma arma comum. Fiz uma pesquisa nos arquivos do Bureau antes de lhe chamar. Não há registro de uma morte com este tipo de arma e munição, com exceção dos seus pais. Se for a mesma arma, Chevalier, ela está em operação há quase duas décadas. Estamos lidando com alguém meticuloso.

— E por que este soldado foi assassinado?

— Esta é a grande questão, *non*? Como deve saber, Chevalier, estamos em guerra no Marrocos. Há dois anos, nosso posto em Amekran foi massacrado por insurgentes berberes. As tribos se uniram ao redor de Abd al-Karim, atacando nossas posições a partir de Rife, uma região montanhosa a leste de Tânger. Desde então, nosso soldados lutam em um dos piores teatros de guerra do mundo.

Chevalier dispensou a informação com um gesto brusco. Sabia sobre a guerra, era claro, mas nunca tivera paciência para estes conflitos que pareciam cada vez mais sem sentido. Depois de todos os horrores da Grande Guerra, era impensável que mais soldados estivessem sendo enviados para o fronte de batalha, mas a máquina do exército parecia cada vez mais faminta do sangue de seus jovens.

— E daí?

— O soldado Bertrand foi capturado há alguns meses, na região de Taza — continuou Durand. — Há algumas semanas, ele conseguiu fugir. Chegou quase morto à Tânger e foi internado no hospital, onde o diretor o interrogou. Ele afirmou para o Comandante Deschamps que os berberes pareciam muito interessados em um artefato.

— Um artefato? — repetiu Chevalier, pega de surpresa pela informação. Nunca poderia imaginar isso. — Há milhares de tipos de artefatos, Major.

— Ele também fez um desenho — continuou Durand, pegando um envelope. — Ele o copiou de um pergaminho e, por sorte, Deschamps o arquivou antes que o soldado fosse assassinado. Reconhece isso?

Chevalier abriu o envelope, retirando dali um único pedaço de papel amarelado, com um desenho no centro. Ela engoliu em seco em um gesto instintivo.

Justine voltou a se aproximar e se espichou toda para poder enxergar por detrás do ombro da Chevalier. O que ela viu foi o desenho do que lhe pareceu ser uma mesa retangular quebrada.

— Por que todas estas caras e bocas por causa de uma mesa com um pé quebrado? — resmungou ela.

— Essa pode ser a mesa de Salomão — falou Chevalier.

— E daí? Parece uma mesa de tomar café da manhã.

Chevalier acertou a cabeça da sua aprendiz com a pasta, arrancando-lhe um gritinho agudo. O drozde suricato saltou para não ser atingido e voltou a pousar no ombro de Justine, com o punho erguido para a agente.

— Você está falando *do* Salomão? O Rei Salomão? — perguntou Durand.

— Sim. O Rei dos reis, se você for considerar os textos bíblicos. Supostamente reinou sobre Israel entre 966 a 926 a.C. — ela disse.

— E o artefato?

Chevalier suspirou.

— Aí, as coisas complicam. Os registros históricos parecem confirmar que Salomão realmente existiu. No entanto, tanto a Bíblia como Torá e o Alcorão apresentam uma versão mais fantasiosa do rei.

— Uma fantasia pode mudar o mundo — comentou Durand.

— Ou levá-lo para as trevas — retrucou a agente. — De qualquer modo, nos textos que sobreviveram até nós, Salomão é visto falando com anjos, demônios e até mesmo Deus. Além disso, ele era possuidor de diversas relíquias. Entre elas, a sua Mesa.

— Por que alguém se importaria com uma mesa? — insistiu Justine, tomando cuidado de se manter longe do longo braço da Chevalier.

— Além de ter sido produzida em ouro e cravejada de gemas, a mesa é uma relíquia sagrada tanto para os judeus quanto para os muçulmanos — explicou Chevalier. — A lenda diz que os entalhes em seu tampo inspiravam Salomão quando ele precisava tomar uma decisão particularmente difícil. Salomão foi reconhecido como um rei justo e sábio e quem possuísse a sua mesa herdaria a sabedoria de mil reis.

— Uma história interessante — disse Durand, impaciente. — Mas o que isso tem a ver com o seu pai?

A atitude controlada da Chevalier resvalou por um momento.

— Meu pai era um arqueólogo. Acho que herdei dele o gosto pela antiguidade.

— Entendo. Mas isso não responde a minha pergunta — insistiu ele.

— E como tal, ele deveria conhecer a história de Salomão — disse Chevalier, pigarreando. — Mas não vejo nenhuma relação entre ele e as relíquias. Estes artefatos desapareceram há séculos, quando o Templo foi destruído e saqueado em 587 a.C.

— Ele pode ter sido morto por causa disso? — perguntou Durand, apontando para o desenho que Chevalier segurava.

A agente virou-se para Durand com a expressão dura.

— Eu nunca o conheci, Major — disse, seca. — Ele foi morto, junto com a minha mãe, no dia em que consegui isso — completou, puxando a manga da camisa para cima e revelando a pele queimada.

— Eu sinto muito — disse Durand e, por um momento, Chevalier achou que ele realmente sentia. Mas isso não importava. Não mais. Não *agora*.

Chevalier se virou mais uma vez para o papel e manteve os olhos no desenho até que o Major falou mais uma vez.

— Eu recebi o relatório do Coronel Loup, o nosso comandante-em-chefe no Marrocos. Ele é conhecido por ser bastante competente e goza de um alto prestígio em nossas forças armadas.

— Porém... — iniciou Chevalier, que percebeu o tom evasivo do Major.

— Porém o seu relatório é extremamente sucinto — ele continuou, desconfortável.

Durand ainda deu uma batidinha com o nó do dedo na mesa antes de continuar.

— Eu quero que você vá até Tânger — disse, por fim. — Investigue discretamente e descubra o que puder sobre o assassinato do soldado. Talvez isso traga alguma luz para ambas as questões.

Chevalier apenas assentiu, sem responder. Em silêncio, deixou o recinto, com Justine em seus calcanhares.

— O que foi? — sussurrou ela no ouvido da agente.

Chevalier respondeu a pergunta com o silêncio e manteve-se assim até que as duas estivessem em um dos vagões do metrô.

— E então? — insistiu Justine, quando percebeu que a sua tutora parecia mais relaxada. — O que está acontecendo?

Chevalier lançou um olhar avaliador para o lado, mas tudo o que viu foram dois homens que conversavam em um banco, um garoto de calças curtas e chapéu marrom que mascava as tais gomas elásticas que pareciam cada vez mais populares entre as crianças, e uma senhora de aspecto irritado, que lançava olhares cheios de ódio para o drozde suricato de Justine. Chevalier esticou os ombros, aproveitando para deixar a mostra a sua insígnia do Bureau, o que foi o suficiente para a velha olhar para o outro lado. Então, respondeu à garota.

— Eu menti para o Major.

— Isso é evidente — disse Justine, com uma careta. — Você mente mal. O Major pode ter caído na sua conversa, mas eu te conheço há muito tempo.

— Papai não só conhecia Salomão — disse Chevalier, em voz baixa. — Ele era um especialista. Ele foi o verdadeiro autor de uma obra prima sobre o assunto: Os Três Pilares de Salomão.

— E o Bureau não sabe disso? — perguntou Justine, surpresa.

— Ninguém sabe — respondeu Chevalier, parecendo irritada. — Enquanto estava terminando o livro, papai teve uma briga com o diretor do Museu Nacional e foi demitido. O livro acabou sendo publicado pelos seus antigos colegas, mas seu nome foi eliminado da versão final. Segundo o meu tio-avô, papai nunca mais pôs os pés lá dentro.

— E com razão! Almofadinhas nojentos! — bufou ela. — E você conhece o livro?

— Eu li tudo o que meu pai escreveu — disse Chevalier, respirando de forma curta. — Tudo.

Justine segurou a mão da amiga.

— E por que não disse nada para o Major? — perguntou, depois de alguns minutos. — O que quer fazer?

— Eles esconderam isso de mim — rosnou Chevalier, com o corpo retesado de ódio. — Mesmo depois que fui treinada como agente, depois que me tornei a Chevalier da França, eles ainda mantiveram isso escondido de mim!

Justine largou Chevalier, que cruzou os braços.

— Não, Justine. Isso não tem a ver com o Bureau ou as suas guerras — ela continuou. — Eu vou para Marrocos e vou descobrir quem matou os meus pais. E vamos estar frente a frente antes que tudo isso acabe.

As palavras se ergueram cortantes como uma lança apontada para o céu, desaparecendo pouco a pouco nos túneis de Paris.

2.

Chevalier estava com pressa, mas não havia nenhum vapor seguindo para Marrocos nos próximos dias. No fim, conseguiu persuadir um cargueiro que passaria por Le Havre e que levava um carregamento de carvão a lhes ceder dois lugares em uma viagem que iniciaria três dias após a reunião no Bureau.

No dia marcado, Chevalier e Justine alcançaram o movimentado porto onde desaguava o Rio Sena com várias horas de antecedência. Enquanto esperavam pelo barco chegar, um dirigível passou pelo porto, lançando sua grande sombra entre os navios. Era um aeróstato numero 27, um dos poucos remanescentes desenvolvidos para a Sûreté nos últimos anos. Pelo que Chevalier ouvira nos corredores do Bureau, uma versão moderna dos antigos V-8 fora completamente remodelada por um engenheiro espanhol e um brasileiro à serviço da agência. O autogiro Cierva-Dumont deveria ganhar os ares até o final daquele ano.

Ela observou o dirigível passar.

— Sua mãe sempre acreditou que iríamos viajar de um lado para o outro voando — comentou ela. — Pena que ainda não haja linhas para a África.

— Eu não entraria em um destes *avions* nem que me pagassem — resmungou Justine.

Chevalier olhou surpresa para ela.

— Achei que você fosse uma entusiasta da engenharia.

— Exatamente por isso — retrucou a garota, cruzando os braços. — Conheço os engenheiros e seus cálculos. Só entro numa coisa dessas se eu mesmo a construir.

Chevalier sorriu, um dos poucos momentos em que se permitiu sentir algo nos últimos dias. Desde o encontro no Bureau, evitava qualquer momento livre, temendo as próprias reflexões. Passado, presente e futuro confundiam-se em uma coisa só, em uma luta eterna por espaço e atenção. Sempre soubera que suas raízes foram arrancadas naquele incêndio, mas nunca imaginara a extensão que a tragédia escondia. Na infância, mergulhara na obra do pai atrás de respostas que só podiam lhe alcançar de forma mascarada. Seguira seus passos, cada vez mais absorta ao que acontecera no passado longínquo, um passado estático, distante e seguro.

Agora, relembrar o passado era como ter uma faca cravada no estômago e, a cada sol nascente, a faca torcia mais um pouco. Talvez fosse este mesmo sentimento que a levara para a arqueologia; a necessidade de saber o que acontecera no passado.

Mas agora era diferente. Não estavam falando de reis antigos, soldados mortos em alguma batalha esquecida ou um carregamento de óleo que se perdera no Mediterrâneo.

Eram os seus pais.

Era pessoal.

E para alguém que tivera o passado obliterado em nome do cargo que assumira, a situação não deixava de ser contraditória. Os deuses que regiam as engrenagens do destino deveriam estar sorrindo agora.

Uma gaivota guinchou enquanto dava um rasante atrás dos pescados que eram descarregados por um grupo de marinheiros. Um deles agitou o chapéu, blasfemando contra a criatura alada, que roubara parte do seu quinhão, retornando ao céu pontilhado de nuvens brancas. Um apito soou, grave e irritado, anunciando a chegada de um vapor. Era o Barracuda, que lançou ferros no porto meia hora depois.

— O que estava dizendo sobre voar? — perguntou Chevalier à Justine, lançando um olhar crítico para a embarcação enferrujada e repleta de remendos que parecia só estar sobre a água porque o capitão assim ordenara. Ele parecia duro demais para ser desobedecido, seja por quem fosse.

— Ainda assim, é melhor do que aquelas coisas — resmungou Justine, apontando para os céus, onde o dirigível desaparecia no horizonte. — Pelo menos se o barco afundar, eu sei nadar. Aprender a voar é mais difícil.

Mas o navio acabou não afundando, apesar da viagem até Tânger ter sido absolutamente deplorável. As acomodações eram ruins, a comida era intragável e o cheiro dos homens que trabalhavam parecia lembrar uma mistura incomum entre cachorro molhado e urina de gato.

Disfarçadas como duas estudantes de Paris que estavam viajando de férias, elas desembarcaram no porto cinco dias depois. Tânger se tornara um dos principais entrepostos militares e comerciais de Marrocos devido à sua proximidade com o estreito de Gibraltar. Dali e do outro lado do Mar Mediterrâneo, a França e a Inglaterra controlavam o incessante fluxo de navios que seguiam *de* e *para* a Europa. Era uma posição estratégica e a França não pretendia abrir mão de seus interesses na região.

Com a guerra, o porto estava repleto de navios militares, que traziam equipamentos e soldados e levavam para casa os feridos. O conflito já se arrastava há um bom tempo e não parecia perto de um fim imediato. Os armazéns perto do cais haviam sido transformados em hangares, onde um exército de técnicos e engenheiros tentava colocar em operação os tanques aracnídeos de seis pernas, desenvolvidos pelo exército durante a Grande Guerra. Na época, os carros de combate de mobilidade articulada foram essenciais durante as terríveis batalhas de trincheiras. Pequenos e ágeis, eles levavam uma tripulação de apenas três pessoas, um piloto, um navegador e o artilheiro, e se mostraram muito mais úteis do que os enormes encouraçados alemães ou os robustos, porém lentos, tanques-tartaruga do exército russo.

No entanto, o projeto fora desenvolvido para o teatro de operações europeu, onde a lama, a chuva e os terrenos íngremes se mostravam os maiores obstáculos.

No terrível clima do deserto, as engrenagens expostas secavam rapidamente, os respiradouros se enchiam de areia e o calor dentro do veículo era tão sufocante que, seguidamente, os soldados precisavam lutar somente de ceroulas. Para piorar, os dois motores propulsionados pelo petróleo refinado gastavam o dobro do combustível para se deslocar entre a areia fofa. E o abastecimento da linha de frente, no meio do deserto, acabava sendo feito pelos lentos, porém confiáveis, camelos.

— Camelos — disse Justine, sorrindo, quando Chevalier comentou sobre o assunto. — Eu adoro camelos. Eles são animais esplêndidos.

— Você nunca esteve no deserto — resmungou Chevalier, sem se virar.

— Mas já estive em um zoológico — ela respondeu, de bate-pronto. — Persa me levou. Antes que ele contraísse gota, pobre coitado.

Chevalier balançou a cabeça e voltou a sua atenção para a fila da imigração. Que os engenheiros resolvessem os seus problemas. Já tinha preocupações o suficiente.

Elas passaram pela imigração e colocaram o pé, pela primeira vez, em solo marroquino. Chevalier sorriu. Nunca estivera no Marrocos, mas já visitara o Egito várias vezes e a Tunísia, acompanhando Persa em suas peregrinações à terra natal. Seu coração, talhado pela formação em Arqueologia, pulsava mais rápido no deserto. Piscando um olho para Justine, elas seguiram para o centro da cidade.

Mesmo com a região nordeste de Marrocos tomada pelo conflito, ainda haviam muitos turistas que desembarcavam em Tânger antes de seguir para Rabat, mais ao sul, ou Casablanca e Marrakesh. No centro da cidade, elas observaram viajantes andando em burros e soldados nativos em seus uniformes cor de areia, armados até os dentes; mulheres envoltas em panos longos e sobrancelhas negras como petróleo; árabes em túnicas azuis e brancas e sufistas com cabelos longos; vendedores de doces gritando suas ofertas e vendedores de água com sacos de pele de cabra, além de pedintes de forma geral. E, onde colocasse os olhos, soldados franceses. A bandeira francesa parecia imponente sobre tudo e todos. Chevalier não pôde deixar de notar os olhares irritados de vários nativos para as patrulhas.

Abd al-Karim deve ter vários simpatizantes no local, pensou.

Seguindo o itinerário previamente estabelecido com o Bureau, elas seguiram até o prédio da administração geral e, lá, foram conduzidas até a presença do Coronel Loup, o cônsul geral e principal agente francês em Marrocos. E, devido à natureza da missão, o único oficial em Marrocos que teria conhecimento da identidade e dos objetivos das duas agentes. Justine ficou na antessala e Chevalier entrou sozinha no escritório.

O Coronel Loup estava vivendo tempos difíceis, administrando todo o protetorado e cuidando dos esforços de guerra. Ele usava um bigode muito bem aparado e seu traje era impecável, como se tivesse acabado de voltar da lavanderia. Havia uma aura de respeitabilidade sólida sobre ele, como uma camada de verniz. Lembrou-se do tio-avô, que usava o mesmo truque na pequena casa nos subúrbios de Paris; sem ter dinheiro para reformar as paredes, ele depositava camadas mais grossas de tinta, uma sobre as outras, escondendo as rachaduras.

Loup estava tomando chá, em um assento atrás da mesa. Mas ele não a convidou para se sentar.

— Não sabia que estava vindo para o Marrocos, *mademoiselle* — disse ele.

Chevalier apertou um dente. Já conhecia a rotina. Sempre que um militar queria demonstrar o seu desagrado, a chamava de *senhorita* e não de Chevalier. Mas, longe do Bureu, no entanto, resolveu adotar uma posição cautelosa e permaneceu em silêncio.

— Uma missão peculiar, talvez mais afeita às suas... Bem, como posso dizer... habilidades especiais? — ele continuou, bebericando o chá com os lábios contraídos.

Chevalier sentiu a mandíbula apertar mais um pouco. Novo silêncio.

— Você veio acompanhada por uma ajudante de ordens, pelo que entendi.

Chevalier assentiu com um gesto.

— Uma guerra não é um lugar para garotas — ele disse, finalmente.

— Concordo — rosnou ela, mandando a cautela às favas. — Por isso o Bureau enviou uma *agente*.

Loup abriu um esgar que poderia ser interpretado como um sorriso ou uma careta, dependendo do ponto de vista.

— O deserto do Grande Rife não costuma se importar com títulos pomposos — ele disse, terminando o seu chá.

Chevalier perdeu a paciência de vez.

— A Imperatriz e o Bureau fazem o que é o melhor para a França. Se pretende questionar as ordens do Major Durand, sugiro...

— Não pretendo questionar nada — cortou Loup, a encarando nos olhos. — Mas a morte de um soldado no meio de uma guerra não é um acontecimento incomum. Já dei a minha opinião sobre isso quando enviei o relatório para a França.

— Ele não morreu em combate, Coronel — disse Chevalier, fria. — Ele foi assassinado em Tânger. Dentro de um hospital. Um hospital sob *sua* responsabilidade.

A atitude de Loup rompeu-se e ele se levantou em um salto. Seus olhos se tornaram perigosamente pequenos.

— Não vou admitir que falem comigo nesse tom — ele disse, apertando os punhos.

— Eu fui encarregada das investigações — contra-atacou Chevalier. — A questão é: o senhor vai nos ajudar ou eu vou precisar me reportar à Imperatriz?

A ameaça não era a melhor arma na diplomacia, mas Chevalier sabia que tinha a sua utilidade. E a palavra da Imperatriz ainda era considerada final, mesmo tão longe de Paris.

— A Imperatriz já não é tão nova — comentou Loup, acidamente. — E seu filho é um militar de carreira.

Chevalier abriu um sorriso. Já ouvira isso tantas vezes que a ameaça implícita não lhe provocava nem um arrepio.

— Quando o jovem Leopold assumir o poder, ele fará o que achar melhor — ela disse. — Mas até lá, ainda obedecemos à Catarina. Onde estão os papéis do soldado Bertrand?

Loup ainda sustentou o olhar da Chevalier por um bom tempo, mas tanto ele como a agente sabiam que ele estava derrotado. Desobedecer a Imperatriz era encarar uma corte marcial. Com um gesto ríspido, o coronel abriu uma gaveta e puxou duas pastas, entregando-as para Chevalier sem a olhar nos olhos.

A agente agradeceu com um gesto frio e se afastou. Mas quando estava na porta, Loup a interrompeu.

— Que o deserto lhes receba em seus domínios como vocês merecem — sentenciou ele.

Chevalier deixou o local com o cenho franzido, os olhos grudados nos documentos. Justine, que estava do lado de fora, saltou da cadeira de madeira e se aproximou.

— E agora?

— Para o hospital — respondeu a agente.

3.

Mas Chevalier e Justine podiam ter se poupado de todo este trabalho. Após deixar o quartel-general, elas seguiram pelas ruas empoeiradas até um prédio dois quarteirões à frente, um edifício construído pelo governo francês, com suas fachadas quadradas e aparência neoclássica. Dois soldados guardavam a frente, protegendo a entrada e a bandeira francesa. Uma barricada de sacos de areia guarnecia o perímetro, dificultando uma possível tomada do local por rebeldes. Pelo aspecto dos sacos, a barricada havia sido acrescentada recentemente.

Apesar da atitude do Coronel com ela, aparentemente Loup não era um completo idiota.

Lá dentro, foram recebidas pelo Comandante Deschamps, que parecia mais solícito em responder às suas perguntas. O problema é que ele não tinha muito a acrescentar. O soldado Bertrand ficara em um quarto isolado, pois seu quadro inspirava cuidados. Ele fora encontrado terrivelmente desidratado, com a pele ressequida pelo sol. O Coronel Loup exigira falar com o sujeito imediatamente, mas somente no terceiro dia ele conseguiu dar um depoimento e, mesmo assim, sua fala era repleta de rompantes, fruto da febre alta que se instalara em seu corpo.

— Que tipo de rompantes? — perguntou Chevalier.

Deschamps juntou a ponta dos dedos na frente do rosto recortado pela sombra das pás do ventilador de teto, que pouco fazia para afastar o calor no interior do hospital.

— Oásis imaginários, demônios que se aproximavam na escuridão, soldados trajando roupas negras, montanhas com centenas de quilômetros de altura... a lista segue infinitamente, Chevalier — disse ele, com um sorriso triste. — A mente nos prega peças depois de uma temporada no deserto. A falta de água provoca alucinações e não é raro recebermos soldados aqui que juram ter encontrado anjos ou demônios.

Chevalier assentiu.

— E o que houve?

Deschamps deu de ombros.

— O Coronel foi embora e, no dia seguinte, a enfermeira da manhã encontrou o pobre Bertrand com um buraco na cabeça. Fizemos uma investigação rigorosa, agente — disse ele, sério. — Falamos com todos os soldados que estavam de serviço, os médicos, oficiais e enfermeiras. Ninguém viu ou ouviu nada. No entanto...

— O que foi? — perguntou ela, esperançosa.

— Nosso efetivo é muito pequeno — ele disse, em tom de desculpas. — A guerra não vai nada bem sem os nossos aracnídeos de combate. Voltamos ao tempo das baionetas e, no deserto, os berberes tem a vantagem de conhecer o terreno. Somente dois soldados patrulhavam o hospital naquela noite. Não seria difícil alguém entrar sem ser visto. E, bem, nunca imaginamos que teríamos que proteger soldados enfermos.

Chevalier teve que concordar com o Comandante. A bandeira da Cruz Vermelha tremulava no alto do prédio. Um ataque a um hospital era um ato de barbárie sem precedentes. Não poderia culpá-los por não serem tão rigorosos na segurança, mesmo que isso significasse um beco sem saída para a sua investigação.

Após agradecer pelo seu tempo, ela e Justine deixaram o local.

— O que vamos fazer?

— Não vamos encontrar as respostas aqui — disse Chevalier, lançando um olhar para o hospital. — O soldado foi morto depois que disse ter visto a mesa. Não acredito em coincidências, Justine.

Ela se virou para o horizonte, onde a linha do deserto alcançava os limites da cidade.

— Se quisermos descobrir alguma coisa, precisamos seguir os seus passos.

Justine esfregou as mãos.

— Para o deserto!

— Para o deserto — confirmou Chevalier. — E o melhor é continuar agindo como turistas. Mas vamos precisar de suprimentos. E um guia.

Seguiram para o bazar principal da cidade, pois foram informadas que ali poderiam contratar um guia. O local estava apinhado de pessoas em uma eterna procissão que circulava de um lado para o outro. Mercadorias diversas eram expostas em minúsculas mesas abertas na frente de portas e janelas, onde os comerciantes se acotovelavam. Era possível encontrar seleiros, fabricantes de sapatos, trabalhadores de cobre e bronze, vendedores de tapetes coloridos, doces e tabacos, além de muitos vidraceiros. A arte de produzir cristais coloridos era muito difundida em todo Marrocos. Famílias tradicionais possuíam belíssimos conjuntos de café em vidro, que eram deixados como herança para seus descendentes.

Depois de muita insistência e um rol particularmente longo de recomendações, Chevalier concordou em deixar parte da lista de mantimentos com Justine, que se afastou com os bolsos cheios e um sorriso enigmático no rosto. Ela precisava se lembrar que a garota já não era mais uma criança, mas, mesmo assim, seu coração apertou ao vê-la desaparecer no meio da multidão.

Seus dedos da mão imediatamente começaram a suar dentro das luvas de couro e ela precisou puxar a respiração por alguns momentos antes de voltar-se aos próprios afazeres. Empurrando aqui e acolá, conseguiu entrar em um café, onde foi em busca de informações. Como já estava acostumada, a conversa começou com uma troca insincera de elogios, seguida por comentários sobre o tempo ou amenidades políticas, até alcançar o tema em questão. Chevalier já participara de debates o suficiente com beduínos e árabes em geral para nutrir qualquer tipo de esperança em conseguir respostas rápidas.

Enquanto negociava, Justine procurava por ruibarbo, pó de Dover e pó de James, ácido carbólico, láudano, quinino, pílulas azuis e diversos outros medicamentos que poderiam ser imprescindíveis no decorrer da viagem. Afinal, o destino final das duas mulheres era o deserto e não haveria médicos ou reforços a quem recorrer. Nas dunas de Marrocos, a diferença entre a vida e a morte poderia ser decidida por meio litro d'água ou uma pílula do tamanho de uma unha.

Elas voltaram a se encontrar na frente de uma loja de tapetes, cerca de uma hora depois. Justine que, afinal de contas, ainda era uma garota, retornara com parte dos mantimentos, uma sacola repleta de doces diferentes e seu caderninho recheado de anotações sobre a língua árabe. A maior parte delas poderia ser classificada entre o impróprio e o decididamente vulgar.

Chevalier revirou os olhos, mas não disse nada.

— Já contratei um guia — anunciou para a garota.

— Ele é bom? — perguntou Justine.

— É o que tinha uma expressão menos vilanesca quando descobriu que conduziria duas jovens estudantes para um passeio no deserto.

— Parece ser um bom critério, suponho — comentou Justine, colocando um dedo sobre os lábios.

— Vamos nos encontrar na Estação Ferroviária, do outro lado do bazar — explicou Chevalier. — Ainda tenho algumas coisas para comprar. Leve os demais suprimentos para lá e espere por ele.

— Como vou reconhecê-lo? — perguntou Justine.

— Seu nome é Amir Hassan — Chevalier disse. — Ele é um sujeito de pele acobreada, com uma grande barba e mãos bem grandes.

Justine ergueu uma sobrancelha.

— Você sabe que essa descrição serve para metade da população do Marrocos, não é?

— E ele tem um turbante laranja — concluiu Chevalier, piscando um olho.

Justine seguiu para a Estação que, mesmo em Tânger, parecia bem pequena se comparada com os grandes entrepostos na França. A malha ferroviária em Marrocos crescia a passos curtos e a expansão fora completamente paralisada devido à guerra que se alastrava. Mesmo assim, o local estava apinhado de gente. A maioria eram soldados que seguiriam para a fronteira da guerra, mas também havia turistas com passagens para Rabat e alguns poucos que se aventurariam até Taza, destino das duas agentes.

Chevalier chegou junto com o guia contratado. Após as apresentações, ele entregou uma grande túnica para Justine e uma manta de lã chamada abaia e recomendou que ela a guardasse em sua mochila. O drozde suricato da garota resmungou e ela concordou.

— Por que vamos precisar disso? — perguntou Justine, sentindo a grossura da manta. — Estamos indo para o deserto! Lá faz calor!

— Durante o dia, *cherry* — explicou Chevalier. — À noite, a temperatura pode alcançar marcas negativas.

— Que horror! Como alguém pode viver nestas condições?

— Com olhos de águia, nervos de aço, Alá no coração e um cobertor no lombo do camelo, honorável senhorita — recitou Amir.

— Nada de camelos por enquanto — cortou Chevalier, antes que Justine começasse a suspirar novamente. — Vamos seguir de trem até Taza.

— Ótimo, sahyda! — exclamou Amir. — Camelos me dão dor nas costas.

— Acho que as costas deles devem doer mais do que as suas — retrucou Justine, piscando um olho para o guia.

— O peso do fardo é conhecido apenas por aquele que o carrega — recitou Amir, concordando. — Um ponto justo, de fato.

Então, um apito surdo soou na estação. O trem estava partindo. Chevalier pescou as passagens de um dos seus bolsos e as entregou para Amir e Justine. O guia agradeceu com um gesto elegante, pegou sua trouxa de viagem e começou a se afastar.

— Você não vem? — perguntou Chevalier, olhando para o guia com espanto.

Amir pareceu chocado e, então, abriu um sorriso brando.

— Não posso entrar aí, senhorita — ele disse, apontando para as portas douradas. — É um vagão somente para europeus.

— Isso é ridículo! — ela protestou.

— Isso é o Marrocos — ele disse simplesmente, seguindo para uma fila de nativos que se acotovelavam para entrar em um vagão simples, cuja maior parte das janelas não possuía vidros.

Chevalier subiu os degraus com os passos duros e foi até a sua cabine, atirando-se no banco com irritação. Justine sentou-se ao seu lado e, em silêncio, observou o grande movimento de vai-e-vem lá fora até que um segundo apito empurrou as últimas pessoas para dentro dos vagões e a locomotiva avançou.

O trem deixou Tânger e seguiu em direção às montanhas, atravessando dunas de areia, vales de pedras e vilas minúsculas. Elas pretendiam seguir até Taza e, dali, conseguir camelos para cruzar o deserto em direção à Beni Bouchaïb, já em pleno território Rife, mas seus planos mudaram rapidamente.

Logo após terem os bilhetes conferidos por um dos funcionários, a porta da cabine voltou a se abrir. Havia três homens ali, vestindo os trajes da companhia que administrava a rota.

— O que houve? — perguntou Chevalier.

— Uma pequena confusão nos bilhetes dos vagões, *mademoiselle* — disse um dos homens, em um francês perfeito. — As senhoritas precisam trocar de vagão.

Chevalier lançou um olhar significativo para Justine, mas resolveu obedecer. Poderia ser apenas um problema comum – as companhias francesas não eram conhecidas por sua pontualidade ou eficiência –, então, achou melhor não entregar seu disfarce tão rapidamente assim.

Elas deixaram a cabine com a mochila nas costas e seguiram entre os sujeitos até o final do vagão. O funcionário deslizou a porta, deixando entrar uma lufada de vento quente e poeirento lá de fora. Ele atravessou a conexão de madeira que unia os dois vagões e abriu uma segunda porta, desaparecendo no seu interior. As duas seguiram seus passos e, assim que entraram no vagão, ouviram a porta ser fechada atrás de si.

Estavam em uma vagoneta de transporte, de paredes de madeira e caixotes e sacos espalhados por todos os cantos. Seis homens estavam ao seu redor. O funcionário que as abordara continuava a observá-la com um sorriso no canto dos lábios.

Chevalier colocou-se na frente de Justine, enquanto apertava os dentes. Seus músculos imediatamente se retesaram e ela levou a mão até a cintura, onde estava o nunchaku. Por um momento, amaldiçoou a própria burrice, que colocara sua protegida em perigo tão facilmente. No futuro, precisaria ter mais cuidado.

Mas, por hora, ela tinha um trabalho a fazer.

— Antes de começarmos, alguém quer trocar de vagão? — perguntou.

O funcionário sorridente alargou ainda mais o sorriso e lançou um olhar para os companheiros.

— *Andiamo! Per il Duce!*

E ele atacou, mas Chevalier já esperava por isso. Ela deu um passo para trás e o braço do seu atacante passou no vazio. Em ato contínuo, ela ergueu o pé direito e girou, acertando-lhe a coxa esquerda. Ele gritou e caiu com as duas mãos segurando a perna dolorida.

Mas Chevalier não poderia se dar ao luxo de regozijar-se com o contra-ataque. Enquanto o primeiro caía, três homens avançavam. Dois tentaram flanqueá-la para segurar seus braços, mas Chevalier foi mais rápida. Ela avançou contra o homem da esquerda e o golpeou com o nunchaku. O sujeito se esquivou do primeiro e do segundo golpe, mas o terceiro entrou no meio de suas defesas, quebrando seu nariz e fazendo espirrar sangue.

No entanto, levara tempo demais. Quando se virou, os dois homens restantes já estavam no seu cangote. O primeiro puxou seu braço para trás, tentando lhe torcer o ombro. Utilizando a parede do vagão como apoio, Chevalier colocou um pé, depois o outro e girou para o alto, se livrando da chave-de-braço e caindo às costas do seu atacante. Ela atingiu-lhe com um golpe nos rins e estava prestes a derrubá-lo quando o terceiro homem golpeou.

Ela virou o rosto, o que foi toda a sua sorte; o soco poderia ter lhe quebrado o maxilar, mas somente lhe deixou atordoada. O meliante aproveitou a oportunidade para atacar, distribuindo socos, que Chevalier mal conseguia se esquivar. Por um momento sentiu saudades da sua garra metálica, mas, disfarçada, não poderia ser vista por aí com um armamento exclusivo do Bureau. Como sempre, precisaria se virar com o que tinha em mãos.

Deu um passo para trás e depois outro. Com o canto dos olhos, viu que Justine fora acuada no canto do vagão. Ela conseguira pegar a espada de madeira de sua mochila e tentava mantê-los longe com a arma. Justine tivera aulas com a própria Chevalier, mas, mesmo assim, ainda era apenas uma garota. Apesar de mais rápida, os dois homens eram muito mais fortes e acabariam subjugando-a. E se ela fosse capturada, seria o fim da missão.

A distração lhe rendeu um soco perto da têmpora. Chevalier cambaleou e só não foi derrubada porque seu drozde escorpião aproveitou o momento para galgar o braço do sujeito e lhe aferrolhar o pulso. Ele berrou e fez um gesto brusco, lançando o animal mecânico para longe.

Chevalier urrou de raiva enquanto voltava a se equilibrar. O atacante voltou a avançar e ela colocou o braço para trás, tateando até encontrar um objeto pesado. Sem se virar, ela segurou a coisa e a lançou contra o sujeito.

Era um lampião, que se espatifou no peito do meliante. As chamas se espalharam pela sua camisa e aos seus pés. Ele gritou e começar a espernear, espalhando ainda mais o óleo incandescente.

Enquanto ele gritava, Chevalier lutava. O homem do nariz quebrado, ao invés de tentar acudir o companheiro, avançou como um touro enfurecido e, como tal, foi derrubado por um gingado para o lado da agente, que deu um coice em suas costas, jogando-lhe contra a parede de metal do vagão. O som metálico reverberou por um momento e, então, ela pode se virar para ver como Justine estava se saindo.

Ela conseguira mantê-los afastado usando a técnica kendo que Chevalier a ensinara. Seus golpes eram fluídos, mas ainda careciam de maior precisão. Precisava retomar alguns pontos, pensou Chevalier, no exato momento em que Justine girou a espada de madeira para um lado e, no momento seguinte, usou o cabo como um porrete para acertar a nuca de um dos atacantes, que caiu no chão.

Da onde saíra aquilo?, perguntou-se, espantada.

Mas ela não tinha tempo para isso. Chevalier avançou por trás e antes que o último meliante percebesse, acertou-lhe uma cacetada com o nunchaku.

— Ei! Ele era meu! — protestou Justine, fazendo uma careta ao ver o sujeito cair aos seus pés.

— Não temos tempo para isso — disse a agente, virando-se para baixo. Seu drozde escorpião retornara e, agora, escondia-se junto às suas botas.

— Por quê?

Chevalier não precisou responder. A porta do vagão se abriu novamente e uma enxurrada de funcionários da companhia entrou, olhando embasbacados para o lugar. Fossem eles verdadeiros trabalhadores ou assaltantes disfarçados, como aqueles que haviam lhe atacado, ela não pretendia ficar ali para descobrir. Se fossem implicadas no incêndio, passariam dias presas em uma prisão marroquina. Não era uma perspectiva que lhe agradasse.

Ela correu para o outro lado do vagão, com Justine em seus calcanhares, enquanto os funcionários tentavam apagar o fogo. Por um segundo, algo chamou a sua atenção e ela diminuiu a passada. O sujeito que recebera o lampião no peito conseguira arrancar o uniforme. Por debaixo dos trajes fumegantes, ele usava uma camiseta negra como a noite, com um estranho símbolo prateado junto ao peito. Ela arregalou os olhos, mas deixou aquele pequeno mistério para mais tarde. Agora, o mais importante era permanecer viva.

O vagão seguinte era ocupado pelos marroquinos, que pareciam apavorados com a fumaça que escapava do trem e ficaram ainda mais espantados ao ver as duas jovens invadirem seu espaço. Eles não as atacaram, mas gritaram várias coisas e berravam sem parar, levando as mãos para o alto, indignados.

— Amir! Amir! — chamou Chevalier.

O guia sofreu um bocado para alcançar as duas garotas, gritando de um lado para o outro e gesticulando como se estivesse em uma jaula com um bando de tigres, comparação que trouxe um pequeno sorriso aos lábios da Chevalier.

— Por Alá! O que estão fazendo aqui? — perguntou ele, espantado.

— O vagão pegou fogo e...

Mas a mentira da Chevalier permaneceu grudada em sua boca, pois, neste momento, dois funcionários abriram a porta atrás de si e começaram a gritar com elas.

Chevalier sorriu e empurrou Amir para a frente.

— Vamos! Vamos! — exclamou com urgência.

Amir recomeçou a gritar e gesticular e eles atravessaram a massa de passageiros, que continuavam a reclamar e protestar. Após chegar ao final do vagão, deslizaram a porta para o lado e se refugiaram na pequena ponte de madeira. Chevalier trancou a porta atrás de si e enfiou um arame na fechadura, torcendo-o até quebrar. Um dos funcionários arremessou-se contra a porta, mas chegou tarde demais. Com a tranca travada, seria impossível abrir o lacre sem arrebentar a porta. Ele começou a esmurrar a janela de vidro, mas Chevalier não prestou atenção. Ela examinava atentamente o trem e chegou à única conclusão possível.

— Pule — disse para Amir.

— O quê? — gritou o guia, alto o suficiente para ser ouvido do lado de fora, onde a locomotiva fazia um barulho infernal.

— Pule! — ela disse, impaciente. E como Amir continuou a encará-la, imóvel, Chevalier ergueu seu tom de voz. — Pule de uma vez!

E Justine saltou. Amir soltou uma exclamação e saltou também, seguida pela Chevalier.

Eles rolaram na areia fofa por alguns metros, ainda ouvindo o trem fumegante seguir seu caminho por algum tempo. Logo depois, estavam completamente sozinhos, no meio do deserto.

4.

Chevalier passou a mão nos braços e pernas e, depois, examinou Justine com atenção.

— Estou bem! Estou bem! — repetiu a garota, irritada. Seu drozde suricato planou até seu ombro e ela acariciou o pequeno mamífero de metal enquanto guardava a espada de madeira novamente na mochila.

— Vi você em ação — comentou Chevalier, escondendo o alívio em uma nota crítica. — Sua técnica precisa ser melhorada. Vamos retomar as aulas quando voltarmos.

— Isso vai ser meio difícil — resmungou a garota. — Vou passar boa parte do tempo enfurnada em uma sala.

— A faculdade não é tão ruim assim — rosnou Chevalier de volta. — E por falar em aulas, onde você aprendeu aquilo? Não me lembro de ter lhe ensinado a usar o bokken[1] como um maldito porrete.

A garota abriu um sorriso malicioso.

— Foi o tio Persa. Ele disse que eu precisava aprender uma coisa ou outra sobre briga de rua.

Chevalier girou os olhos para o alto antes de se virar para Amir, que a encarava com uma expressão cheia de dúvidas.

— Eu nunca vi mulheres assim — disse o marroquino, espanando a areia das roupas.

— Ouso dizer que tem razão — disse Chevalier, sem falsa modéstia.

---

1 Espada de madeira utilizada para a prática do kendo.

Ele cruzou os braços em uma pose irritada.

— As senhoritas me enganaram — ele resmungou, com o cenho franzido. — Se são estudantes de Paris, eu sou o filho de um dromedário manco.

— Sim. Creio que sim.

Amir a encarou com a expressão pensativa, tentando entender se Chevalier estava concordando com a primeira ou com a segunda parte da sua sentença e, então, descobriu que isso não importava.

— Alá me proteja — pediu, estendendo as mãos para os céus. — E a quem tenho a duvidosa honra de conduzir?

— Meu nome não é importante. Mas eu sou conhecida como La Dame Chevalier da França — disse a agente.

— Fale baixo! — pediu Amir, olhando para a imensidão do deserto como se houvesse vivalma escondida entre as dunas. — Dizem que uma resposta honesta é como um beijo nos lábios, mas, algumas vezes, somente a testemunha de Alá é necessária.

Ele voltou a encará-la antes de comentar.

— Uma agente imperial — disse, balançando a cabeça. — Faz sentido, de fato. E você, senhorita? Não tem idade para estar salteando de um lado para o outro.

— Eu sou Justine Tardi Carbonneau! E, para seu governo, minha mãe já assaltava casas quando tinha a minha idade! — ela disse, encostando o queixo no peito em uma pose orgulhosa.

— Uma família interessantíssima, com certeza. Por que colocaram o pobre Amir nesta encrenca? — ele disse, se virando para Chevalier.

Ela o encarou, a dúvida estampada no rosto. Poderia confiar nele?

Devagar, tomou um gole d'água do cantil, reconhecendo que estava sem opões. Nunca chegaria ao seu destino sem um guia. Confiando nos próprios instintos, contou sobre a mesa, o assassinato do soldado, a revolta em Rife e Abd al-Karim. Obviamente, Amir conhecia o chefe berbere.

— Se Karim descobrir que estou guiando uma agente imperial, minha vida valerá bem pouco — disse Amir, balançando a cabeça.

— Considerando que fomos atacadas, acho que ele já sabe sobre nós — disse Justine.

— Não acredito que seja al-Karim que esteja em nossos calcanhares — retrucou Chevalier e Justine a encarou com as sobrancelhas erguidas. — Aqueles homens eram europeus. E eles usavam camisas negras por debaixo do uniforme.

Justine pareceu pensativa por um momento, como se estivesse tentando se lembrar de algo, até que a sua expressão se iluminou.

— Bertrand!

— O soldado morto? — perguntou Chevalier, sem entender.

— Não se lembra? Ele disse ter visto soldados vestindo roupas negras — lembrou Justine, mas acrescentando com uma expressão de dúvida. — Mas ele estava delirando, não estava?

— Talvez sim, talvez não — disse Chevalier, dando de ombros e se virando para Amir. — De qualquer modo, tem razão em dizer que alguém está querendo nos eliminar. Mas se lhe servir de consolo, acredito que só será morto depois que nos escalpelarem.

Amir baixou uma das sobrancelhas e encarou Chevalier diretamente nos olhos.

— Não, senhorita — ele disse. — Não creio que isso sirva de consolo.

— Pagarei em dobro o que combinamos — ela insistiu, temerosa em perder o guia, o que resultaria no fracasso da missão antes mesmo dela começar.

— Dinheiro tem pouca serventia para um morto — filosofou Amir, unindo a ponta dos dedos sobre o peito. — Mas é um bom começo.

Chevalier piscou um olho e, então, colocou a mão entre as casas da camisa. Ela começou a se contorcer, como se estivesse arrumando o sutiã, o que fez Amir virar o rosto, envergonhado. Um pouco depois, puxou os dedos e, entre eles, havia uma pequena sacola de camurça presa a uma alça.

Ela desatou o nó e fez escorregar uma coleção de pequenas pedras brilhantes até a palma da sua mão.

— O que é isso? — perguntou Justine, interessada.

— Diamantes — disse Chevalier, sorrindo. — São mais valiosos e muito mais leves do que carregar moedas de ouro.

Amir se aproximou para examinar as gemas. Ele escolheu uma ao acaso e a colocou entre as pontas do dedo, mirando-a para o sol escaldante. Depois, mordeu a gema e voltou a examiná-la com um olhar crítico.

— Como disse, — Amir continuou, fazendo a gema desaparecer em seus bolsos, — o pagamento é um bom começo. Mas diamantes ou ouro são recompensas tolas para um homem morto.

Era um bom ponto, pensou a agente e, então, resolveu perguntar.

— O que quer? — pediu.

Amir olhou para as duas por um momento antes de falar.

— Tenho uma sobrinha, filha de meu irmão, a quarta filha mulher de Mutlaq e Zaahira, que moram em Tânger, não muito longe de onde nos encontramos. Ela tem os olhos da mãe, de quem herdou o apelido de Pérolas de Ébano, a pele sedosa como leite com mel e feições tão lindas quanto uma joia.

Chevalier o encarou, sem entender. Conhecia a natureza dos beduínos. De modo geral, eles não eram capazes de concordar com alguma coisa sem um grande tempo para debates e discussões. E, normalmente, suas falas eram precedidas por comentários, recordatórios, ensinamentos e, o horror, até mesmo poesias. Mas não conseguia entender onde Amir queria chegar com aquilo.

— E um cérebro capaz de deixar pasmo um ulemá[2] — continuou Amir, com o tom de voz de quem parecia ter chegado ao ponto em questão. — Mas meu irmão é teimoso como uma mula grávida e quer casá-la com um tuareg, como todas as garotas da família. Ela, no entanto, quer estudar.

— E você concorda com a sua sobrinha? — perguntou Chevalier, desconfiada.

Amir abriu um sorriso maroto.

— Sou um sujeito prático. Estou salvando a alma do pobre homem que casar com ela. A minha sobrinha seria uma péssima esposa, mas daria uma ótima mulher moderna.

— Há várias escolas no Marrocos — comentou Chevalier, encarando Amir.

— Sim, e com a graça de Alá, minha sobrinha frequenta uma delas, em Tânger. Mas nossas escolas acreditam que a educação de homens e mulheres é diferente. Ela precisa de algo mais desafiador, ou acabará deixando seus professores loucos.

Chevalier o encarou por um segundo e, então, compreendeu.

— Você quer que a levemos para Paris?

— Ouvi vocês conversando, sahyda. Para a universidade, com a jovem assaltante aqui — disse Amir, levantando um dedo e olhando de soslaio para Justine. — Pode arranjar isso?

A agente puxou os suspensórios para baixo em um gesto rápido.

— Você tem um trato, Amir — disse, afinal, estendendo a mão.

Amir a cumprimentou da forma ocidental antes de erguer as mãos para os céus.

---

2 Teólogo ou sábio versado nas leis e a religião muçulmana.

— E que Alá permita que sobrevivamos a tudo isso — pediu ele, se virando para juntar os pertences que havia conseguido salvar da fuga inesperada do trem.

Enquanto isso, Justine era só alegria.

— Ótimo! — ela disse, esfregando as mãos. — Ela vai para a universidade e eu...

— Você vai junto — cortou Chevalier, calçando os goggles para poder ver melhor o horizonte.

— Mas não é justo! — reclamou Justine, com as mãos na cintura. — *Maman* nunca frequentou a universidade.

— Ela não teve a oportunidade — disse Chevalier, sem se virar. — Sua vida foi complicada. Mas você não precisa cometer os mesmos erros que ela para deixá-la orgulhosa.

Chevalier tirou os goggles e foi em direção a Amir, não sem antes comentar.

— Há um milhão de erros que uma garota pode cometer em sua vida. Escolha melhor os seus.

5.

Não havia muito a ser feito a não ser andar. Com o horizonte dourado à sua frente e o trilho ininterrupto como companhia, os três seguiram adiante até que a noite caísse.

Amir montou as duas barracas e conseguiu alguns gravetos raquíticos para preparar o chá.

— Não temos comida, mas isso vai aquecer nossos corpos e estômago — ele disse, passando as xícaras de metal esmaltado para as duas.

Elas beberam em silêncio e, após apagar o fogo, se retiraram para os sacos de dormir.

Pela manhã, a fragrância do café acordou Chevalier. Amir acordara cedo e esquentava o líquido espesso em um fornilho prateado. Chevalier saiu, deixando o cobertor para trás e abraçando o nascer do sol, uma experiência realmente única. O sol no deserto adquire cores raramente vistas em outros lugares e o ar é tão límpido que é possível observar o horizonte longínquo.

O deserto era o único lugar onda ela se sentia completamente sozinha. Por um longo momento, deixou-se levar pelo som do vento fraco que mudava constantemente a paisagem, movendo dunas e destinos. A areia tocava calidamente seu rosto e ela retirou as luvas. Os grãos passavam por entre seus dedos, acariciando as cicatrizes e voltando para o deserto, no ritual infinito de paz e esquecimento.

Permaneceu sentada ali, olhando para o deserto, até que Justine acordou. Ela deixou a barraca bocejando, acompanhada do suricato mecânico. Com duas xícaras nas mãos, alcançou Chevalier, que engoliu o café em um só gole, em um gesto quase irritado. Devolvendo a caneca para Justine, tratou de desmontar a barraca.

Após o fraco desjejum, os três seguiram acompanhando o trilho, o calor ofegante eliminando as conversas triviais. Cada fôlego precisava ser gasto na necessidade premente de dar o próximo passo. O silêncio era absoluto, como se estivessem andando em outro mundo, onde a vida era uma intrusa.

Depois de uns doze quilômetros, alcançaram um vale coberto de pedras de todos os tamanhos, desde pedregulhos até grandes rochas que haviam caído dos penhascos próximos. O lugar era desolador e pouco convidativo, mas o que importava para os três viajantes fora a débil fumaça que vislumbraram escapando do meio do vale, que logo se transformou em vários fiapos cinzentos que subiam aos céus. Não era um acampamento, mas, sim, um pequeno vilarejo.

A aldeia parecia um povoado berbere típico aos olhos da Chevalier. Construída em volta de um poço, onde os três beberam com sofreguidão, a pequena aglomeração era formada por casas quadradas de paredes de barro. As construções lembravam esculturas que haviam se erguido do chão como monumentos de areia e pó. As minúsculas janelas, que impediam a entrada do calor, pareciam pequenas nesgas negras nos muros dourados. Aqui e ali, tamareiras cresciam no solo empobrecido, regadas pela água do poço. Cabras eram pastoreadas para dentro ou para fora da aldeia por garotos pequenos, que chamavam seus animais com assobios estranhos. Crianças parcamente despidas corriam atrás de cachorros e galinhas, formando uma massa suja e desnutrida. Das portas, os nativos olhavam com desconfiança para Chevalier e Justine, balançando a cabeça mesmo para Amir e seu exuberante turbante laranja. Uma chegou a fazer o símbolo contra o mal quando a agente ergueu as mangas para lavar as mãos.

— Precisamos de mantimentos — disse Chevalier para Amir, que assentiu, após passar um pouco d'água no pescoço e lavar a barba. — E um meio de transporte. Levaremos semanas para chegar a Taza se continuarmos a pé.

— Camelos! — exclamou Justine, feliz, mas Amir logo a demoveu da ideia.

— Esta é uma pequena vila, sahyda. Teremos sorte se encontrarmos um par de burros.

— Consiga *três* burros — disse Chevalier, peremptória. — Preciso de um guia que esteja em condições de guiar.

Amir fez um gesto de agradecimento e se afastou. Justine soltou um muxoxo e, logo após, outro. Chevalier a ignorou. Então, a garota trocou de assunto.

— Você confia nele?

Era uma pergunta pertinente. Justine havia herdado a capacidade de fazer perguntas desconcertantes da mãe, assim como a impetuosidade e uma firmeza de propósito capaz de rivalizar com qualquer militar que tivesse conhecido. As duas últimas, como Chevalier descobriu, eram traços de caráter inconvenientes para quem precisava pôr um pouco de juízo em sua cabeça.

Suspirando fundo, Chevalier olhou para Amir, que conversava em árabe com dois homens que pareciam gesticular entre si. De vez em quando, eles lançavam olhares para as duas e voltavam a gesticular.

— Ele aceitou o suborno — disse Chevalier, depois de pensar um pouco. — Mas também está tentando ajudar um membro da própria família. Sim, acho que confio nele.

— Espero que ele não esteja nos vendendo — murmurou Justine.

Chevalier apertou os lábios. Não gostava de ouvir tais pensamentos saindo da boca de uma garota tão jovem, mas Justine era uma mulher e, como tal, precisava aprender sobre a sociedade em que vivia.

— Eu também — resmungou, concordando.

E, pelo sim, pelo não, tratou de limpar discretamente a sua Laumman de seis tiros e deixou-a de prontidão. Depois do incidente no trem, decidira que o melhor era manter a arma de prontidão e não escondida em seu bornal de viagem.

Mas suas precauções foram infundadas, apesar de notadas por Amir.

— Pretende atirar em mim, sahyda? — perguntou o guia, assim que voltou.

— Será necessário? — ela respondeu, devolvendo a pergunta.

Amir levantou um dedo.

— Um acordo é uma dívida aos olhos de Alá — ele recitou. — Então, creio que não. Mas a senhorita poderá mudar de ideia depois de ver o que consegui — concluiu ele, dando de ombros.

— O que estavam discutindo? — perguntou, apontando discretamente para os dois homens, que a esperavam na esquina.

— O Sr. Jamal, que Alá conserve a sua teimosia, parecia bastante certo de que, se alugasse os burros para as senhoritas, nunca mais os veria — ele disse, com uma voz de pesar.

Chevalier meditou sobre aquilo por alguns passos, enquanto Amir as liderava pelas ruas de areia e pó e pensou na missão que tinha pela frente. A chance de poder retornar àquele local para devolver os burros era mínima, para ser honesta.

— Ele tem razão — disse, afinal.

— Provavelmente, mas Jamal não precisa saber disso — comentou Amir, sem diminuir o passo.

Chevalier reagiu imediatamente.

— Você não vai enganar este homem!

Amir jogou os ombros para trás e ergueu as duas sobrancelhas até que elas alcançaram o turbante.

— É o seu dinheiro que estou protegendo, senhorita — ele disse, num protesto débil, mas Chevalier foi intransigente neste assunto.

— Não importa. Compre os burros e não os alugue. Depois, podemos revendê-los em Taza.

— Pela descrição que o Sr. Jamal me deu, não vamos conseguir vendê-los a ninguém — resmungou Amir.

Aquilo acendeu os instintos da Chevalier.

— Então, por que os alugou? — perguntou, olhando desconfiada para o guia.

— Jamal afirmou que eu estaria alugando os burros mais fortes e resistentes de todo o Marrocos.

— Mas, então...

— A minha experiência é que este tipo de declaração sempre precedeu a burros velhos e cansados — interrompeu Amir. — Mas, de qualquer modo, são os únicos burros disponíveis na aldeia.

Aquilo encerrava a questão sob o ponto de vista da Chevalier. Eles foram ver os burros e, claro, Amir estava coberto de razão.

— Nós não vamos chegar nem aos limites da vila com estes animais — reclamou Justine, ao ver as pobres condições das bestas esquálidas que o Jamal trazia para eles.

Amir se aproximou com um olhar crítico, olhou as patas e abriu os dentes. Então, conforme instruído pela Chevalier, aumentou a oferta para comprar os burros. Houve uma nova série de comentários e gritos, e mãos que subiam e desciam. Então, Amir voltou-se para Chevalier.

— Nada feito. Ele não aceita vender os burros, só alugá-los.

— Mas nós não vamos conseguir devolvê-los! — ela exclamou, sem entender.

— Eu sei e talvez ele próprio saiba — disse Amir, dando de ombros. — Mas ele desconfiou da oferta. Disse que se duas *alsahara* estão interessadas em comprar seus burros, então eles devem ser valiosos.

— O que são *alsahara*? — perguntou Justine.

— Bruxas.

— Certo — rosnou Chevalier, puxando os suspensórios para baixo com um gesto brusco. — Pague o combinado e que o diabo o carregue.

Mas quem acabou carregando foram os próprios burros, cujos lombos foram tomados pela figura dos três viajantes. E, a despeito da desconfiança de Justine, eles eram mais fortes do que pareciam. Cavalgaram durante toda a tarde sem reclamar e só pararam quando a noite já estava densa.

— Amanhã, chegaremos em Taza — disse Amir, depois de olhar as estrelas por um bom tempo.

— Sabe reconhecer nossa posição pelas estrelas? Sem um astrolábio? — perguntou Justine, impressionada.

— Não, mas sei ler placas — disse Amir, apontando para uma placa verde, repleta de caracteres árabes, instalada ao lado do trilho de trem. — Faltam quinze quilômetros para Taza. Com os burros, chegaremos até a noite.

Justine atirou o cobertor na cabeça de Amir, que se encolheu e sorriu. Chevalier esticou os braços e deitou sobre a sacola de viagem, encarando as estrelas. Mesmo sem saber o porquê, sorriu.

6.

Taza ficava na fronteira do teatro de batalha e, como tal, a cidade parecia sitiada pelo desespero da guerra. Foi necessária uma boa dose de explicações para que fossem admitidos na cidade, pois a vigilância parecia extremamente rigorosa nas suas entradas. Apesar dos vistos obtidos em Tânger, eles foram interrogados por um sargento mal-humorado, que parecia decidido a encontrar alguma coisa que levasse Amir para a cadeia. No entanto, como acompanhante das duas jovens europeias e com todos os documentos carimbados e assinados, ele pouco pôde fazer e os três finalmente ingressaram na cidade.

Taza era a última cidade de grande porte antes da imensidão do deserto que se estendia por Marrocos, Argélia, a Líbia Italiana e, finalmente, o Egito. Depois dali, tudo o que poderiam esperar era alguma vila escondida nas montanhas ou um oásis entre as dunas. Um muro de barro e estuque circundava a cidade, uma adição recente por causa da guerra, assim como as torres de vigilância erguidas a cada centena de passos. Pares de soldados com suas espingardas mantinham o horizonte e arredores sob eterna vigília.

A cidade representava a união entre duas civilizações completamente diferentes De um lado, tanques aracnídeos, caminhões lagarto e vagonetes motorizados consumiam óleo e espalhavam fumaça por entre as vielas. De outro, o povo simples do deserto, confinado atrás dos muros por causa da guerra, seguia a sua vida entre camelos, cavalos e tâmaras. E do convívio diário, as culturas mesclavam-se. Muitos soldados franceses adotaram o kufiya, o tradicional capuz árabe, feito de um lenço quadrado de algodão e que protegia contra as queimaduras solares, a poeira e areia, e podiam ser vistos tomando café adoçado sentados no chão em suas raras folgas. Por outro lado, carroças motorizadas pareciam cada vez mais comuns, construídas com peças sobressalentes e ferro velho. Por entre o mar de telhados amarelos, chaminés espocavam aqui ou ali, transformando radicalmente a produção artesanal.

Enquanto seguiam com seus burricos pelas ruas de chão batido, passaram por barracas que vendiam de tudo um pouco, mas as mercadorias ali eram bem menos variadas do que em Tânger. Havia alguns víveres, produtos agrícolas, um pouco de vidraçaria e vários vendedores de feixes de gravetos e lenha. Mas não havia a gritaria ou vivacidade da capital. Ali, tão perto da guerra, as conversas eram mais soturnas. As pessoas passavam e esbarravam por todos os lados, sem um murmúrio de desculpas. A discussão dos preços era acalorada e, muitas vezes, trocas eram realizadas por meio de um escambo onde quem precisava mais ganhava menos. Pedintes esmolavam em cada esquina, muitos deles exibindo cicatrizes de guerra ou membros amputados. Como em qualquer conflito, decisões eram tomadas entre xícaras de chá e bolos; suas consequências, no entanto, eram sentidas em carne e sangue.

Hospedaram-se em um pequeno hotel no limite norte da cidade e o estalajadeiro ficou maravilhado por poder alugar três quartos de uma só vez. Com a guerra, os negócios haviam caído vertiginosamente e ele tivera que dispensar a cozinheira, a arrumadeira e a faxineira, e já estava pensando se mandaria a sua terceira esposa de volta à família, se pudesse pagar a multa. O mais impressionante da narrativa é que eles ficaram sabendo de tudo isso em apenas cinco minutos, enquanto eram acomodados em seus quartos.

Após um jantar praticamente intragável, cortesia do estalajadeiro na pele de cozinheiro, eles dormiram em colchões repletos de percevejos e acordaram relativamente descansados.

Chevalier deixou algumas moedas no estábulo onde haviam deixado os burros e seguiram para o mercado, onde se reabasteceram de mantimentos em um local apinhado e de ruas tão estreitas que era praticamente impossível andar sem esbarrar em alguém. Com um pouco de barganha e a ajuda inestimável de Amir, conseguiram o que precisavam e seguiram para os limites da cidade.

A parte mais difícil e perigosa da jornada iniciaria quando deixassem os muros de Taza e eles precisariam estar prontos para qualquer eventualidade.

Esta foi a parte fácil, no entanto. Difícil foi sair da cidade.

— É proibido — disse o sargento de plantão, com a mão espalmada.

O portão leste de Taza era a principal porta de saída ou entrada para o deserto. Protegido por duas barricadas e uma torre de defesa onde uma metralhadora vigiava a movimentação do horizonte dourado, ainda havia ali um tanque aracnídeo com duas pernas quebradas, escorado em sacos de areia. O veículo não iria a lugar algum, mas o canhão ainda tinha a sua utilidade.

— Mas nós temos autorização! — reclamou Chevalier, mostrando os documentos ao soldado, que voltou a olhá-los e novamente balançou a cabeça.

— Este é um documento da embaixada — ele explicou. — Mas em Taza, a autorização só pode ser dada pelo exército. E vamos começar uma ofensiva no sul. Até lá, ninguém está autorizado a deixar a cidade.

Chevalier se afastou, irritada. Trocou algumas palavras com seus companheiros, discutindo se valeria a pena tentar conseguir a tal autorização, mas Justine foi a voz da razão.

— Você daria autorização para que duas universitárias se

dirigissem a uma zona de guerra? — ela perguntou, erguendo uma sobrancelha.

A resposta era óbvia, mas não menos frustrante. Entrementes, um dos garotos que estava por ali parecia cada vez mais interessado na conversa dos três. Chevalier acabou encarando-o e ele se aproximou.

— Senhorita, senhorita! Quer ir para o deserto? — perguntou o garotinho, num francês sofrível, mas, pelo menos, compreensível.

— Sim. Você sabe como podemos deixar a cidade?

— Vocês não podem, mas os *alruea,* sim — ele disse, abrindo e fechando os grandes olhos.

Chevalier era versada em copta, egípcio antigo, latim e mais uma dúzia de línguas mortas. O seu árabe era razoavelmente bom, mas algumas expressões lhe escapavam.

— Quem? — ela perguntou.

— Pastores de ovelhas — explicou Amir. — Eles deixam a cidade para levar as cabras para as montanhas aqui perto e retornam ao final do dia.

— Não somos pastores — retrucou Justine.

— Não precisam ser *alruea.* Só precisam parecer — disse o garoto.

Era um plano ousado e muito arriscado, mas eles não tinham muitas opções. Seguiram o garoto até a sua família. O garoto entrou na casa, discutiu com a mãe, levou um cascudo, voltou a falar, levou outro cascudo, e, finalmente, se fez entender. A mulher, uma jovem senhora muito baixa e desconfiada, saiu para falar com eles, dirigindo-se a Amir. Os dois trocaram palavras rápidas.

— Ela aceita emprestar roupas e levar-nos para fora — disse Amir, depois de fazer vários gestos abençoando a boa vontade da mãe do garoto.

— Ótimo — disse Chevalier, suspirando aliviada. — Quanto ela quer?

— Dinheiro não tem serventia aqui — explicou Amir, acrescentando: — Não há mantimentos chegando ou saindo da cidade. Ela quer um dos burros.

— Precisamos dos burros! — protestou Justine.

— Sem um dos burros, nada feito — disse Amir, sério.

Chevalier olhou para a mulher e notou seus olhos tranquilos. Não adiantaria pressioná-la e a agente percebeu isso imediatamente. Era uma luta inglória e ela não perderia tempo com isso.

— Certo. Aceitamos o acordo — disse para Amir — Depois, nos revezamos nos burros que restam.

Amir se virou para a mulher e o trato foi selado com mais alguns gestos e troca de cumprimentos.

Chevalier e Justine foram convidadas para entrar na casa, um local mais ou menos limpo, varrido por folhas de palmeira. Havia um fogo acesso em um canto, uma pedra de moagem e vários potes de armazenamento. Duas mulheres estavam em um canto, uma delas amamentando, outra moendo milho. A mãe do garoto falou algumas coisas e a mulher que amamentava se levantou, com o filho ainda grudado no peito, e foi para um cômodo interior, retornando com várias mudas de roupa. As duas francesas colocaram seus disfarces e, então, tiveram seus olhos pintados. Depois, prenderam um niqab[3] e estavam prontas.

Então, a mãe do garoto empurrou um grande jarro para Chevalier e outro para Justine, fazendo gestos para que elas o equilibrassem na própria cabeça. Ela mesma pegou um jarro para si e, assim, o pequeno grupo partiu.

O rapaz seguia na frente, com suas cabras. Amir vinha logo atrás, empurrando os burricos e, por fim, as três mulheres seguiam, uma mão segurando o jarro, o outro braço balançando ao lado para manter o equilíbrio enquanto andavam.

---

3 Niqab é um véu muçulmano que esconde os cabelos, as orelhas e o pescoço, e ainda é complementado por um pedaço de tecido, que só deixa os olhos expostos.

Ao invés de seguirem para a grande Portão Leste, o rapazinho e suas cabras tomaram outro caminho, atravessando ruas estreitas repletas de dejetos de animais. O cheiro ali era insuportável e o calor opressivo tornava o ar irrespirável, mas, felizmente, o trajeto foi curto. Um pouco depois, eles alcançaram um grande portão onde soldados nativos guardavam a entrada. Eles abriram a porta assim que a pequena caravana se aproximou, mal lançando-lhes um segundo olhar, bastante entretidos em uma discussão qualquer.

Fora de Taza, eles seguiram por uma trilha de areia no meio do vale cascalhado até uma pequena elevação. Ali, longe do escrutínio dos soldados, eles pararam. Chevalier e Justine se livraram do disfarce e devolveram as roupas para a mulher berbere, que as guardou dentro do jarro, amarrando os outros dois jarros no burro que lhe foi entregue como pagamento.

Com saudações a Alá e pedidos de agradecimento, a caravana se separou e Amir os liderou para dentro do deserto.

O sol estava alto e as areias brilhavam a ouro. O clarão que irradiava das dunas, mesmo no início do dia, era duro para os olhos. Houve pouca conversa durante a caminhada, que seguia um passo mais lento, pois só havia dois burricos para três viajantes. E, de qualquer modo, precisavam ter cuidado. Afinal, estavam invadindo território inimigo. Uma expedição, mesmo pequena, chamaria a atenção das patrulhas berberes e mesmo do exército francês. Se fossem descobertos perambulando por ali, teriam problemas.

Ao cair da noite, a lua surgiu alta e brilhante, sua borda tocando uma montanha distante, o ar límpido varrendo a madrugada com seus ventos frios. Enrolada nos cobertores, Chevalier engoliu ainda uma última xícara de chá quente antes de deitar com Justine. Mesmo exausta, o sono não veio fácil. Não havia nada pior do que estar em um estado de exaustão física e a mente desperta. Ela se sentia letárgica demais para fazer qualquer coisa útil, mas preocupada demais para poder adormecer. Encarou os longos cabelos de Justine e, mais uma vez, pensou se estava fazendo a coisa certa.

Sua experiência com a maternidade era, no máximo, tangencial. Órfã de mãe e pai, ela fora criada pelo tio-avô, um escolástico que poderia citar todas as dinastias do Egito de cor, mas que queimava os dedos para esquentar o leite. Evitada pelas outras crianças por causa de suas queimaduras, Chevalier tivera uma infância silenciosa e repleta de livros. Seu tio-avô era razoavelmente responsável, tinha uma opinião bastante progressista em relação às mulheres e seu papel social e a incentivou sempre que pôde, mas não sabia como dar ou receber amor. Nunca se casara e ter uma criança dentro de casa era uma experiência que ele nunca esperara ou para a qual se preparara.

A garota cresceu e ingressou na universidade para cursar Arqueologia, obsessão que herdara dos livros do pai. Seu entusiasmo chamou a atenção do Professor Chacarral, que a escolheu como pupila. Apesar de egocêntrico, manipulador e dono de um gênio terrível, o sujeito era brilhante e Chevalier aprendeu mais com ele do que com todos os seus demais professores.

Mas as engrenagens do Destino ainda não haviam terminado de brincar com ela. Dois anos depois, o seu tio-avô adoeceu e ela precisou abandonar as expedições no deserto com Chacarral após conseguir uma vaga como arquivista no Bureau. Precisava do dinheiro para custear o tratamento e o cargo, apesar de burocrático, pagava bem.

Chacarral não reagiu bem ao que considerou uma traição. Utilizando o seu enorme prestígio, arranjou uma desculpa qualquer e tratou de expulsá-la da universidade. Pouco depois, o seu tio-avô faleceu.

Sozinha, sem amigos ou objetivos, a garota encontrou no trabalho seu único consolo; perspicaz e curiosa, descobriu e desbaratou sozinha um atentado contra a Rainha — os agentes se recusaram a acreditar na teoria daquela garota que trabalhava nos arquivos e fizeram ouvidos moucos aos seus avisos. Impressionada com a tenacidade da jovem agente, a Imperatriz Catarina lhe ofereceu o cargo de Chevalier. A escolha era tecnicamente correta, mas foi contestada abertamente pelo Bureau, que preferiria algum militar para o cargo. A Rainha manteve-se firme e a jovem, seduzida pela possibilidade de voltar a viajar, acabou aceitando a incumbência.

A transição foi fácil. Sem amigos ou parentes, não havia ninguém para ser escondido ou levado para fora de Paris. Desaparecer com os registros da nova Chevalier foi uma tarefa relativamente simples.

E a roda dentada do Destino deu mais uma volta quando, ao ter seu nome riscado da história da França, a jovem acabou encontrando uma nova família para si. O antigo Chevalier já se aposentara há um bom tempo e ninguém assumira seu lugar. Ele ficou encarregado de treiná-la e, frequentando sua casa, acabou conhecendo Juliette, uma viúva de olhos ardentes e histórias incríveis, cujo coração enorme parecia cada vez mais fraco. Ela tivera uma única filha temporã, em uma idade bem mais tarde do que seria recomendável. Quando finalmente descansou, a surpresa. Juliette a nomeara guardiã da garota no lugar do padrinho, o antigo Chevalier, deixando como paga o drozde escorpião, um animal mecânico único, construído peça a peça pela habilidosa engenheira.

Juliette sempre fora uma mulher de temperamento e opiniões fortes. Em uma carta, que Chevalier mantinha guardada no apartamento embaixo do Museu Natural, ela deixava os cuidados da filha com a jovem agente, que deveria tomá-la como aprendiz com duas condições: que a mantivesse segura e, quando chegasse à idade, que a garota fosse enviada para uma universidade. E apesar de ter imaginado que cumprir a primeira parte da promessa fosse algo extremamente difícil, nada a preparara para a teimosia de Justine em relação à universidade. Rebelde e independente, ela passara os últimos três anos convivendo com Chevalier e parecia não querer abrir mão de uma vida de aventuras pelas explicações de um idoso em sua cátedra.

Mas a Chevalier pretendia cumprir com suas obrigações, agarrando-se às instruções de Juliette como um juiz fiel ao código de leis. A cada amanhecer, a ampulheta deslizava a areia do tempo, aproximando Justine do seu destino.

E era assim que as coisas deveriam ser.

***

A caravana alcançou as montanhas no início do terceiro dia de caminhada. Eles subiram por uma trilha estreita, praticamente empurrando os burricos morro acima. Em determinado momento, os animais relincharam em uma agonia mórbida e se recusaram a seguir adiante. Justine tentou empurrá-los, depois xingá-los e, por fim, suborná-los com maçãs ou cenouras, sem sucesso.

Foi Amir que trouxe alguma luz para a situação.

— Eles devem ter pressentido alguma coisa, sahyda.

— Homens ou bestas? — perguntou Chevalier.

— E há diferença no meio do deserto? — retrucou Amir, tomando a dianteira.

Justine amarrou os burros em uma pedra e os três seguiram o caminho em silêncio, as armas em punho e os olhos e ouvidos atentos. Cerca de meio quilômetro depois, ouviram um rosnado, seguido de um rugido. Agachados, eles seguiram por entre os grandes pedregulhos e, então, viram o que estava assustando os burros.

Justine se levantou e foi preciso que Chevalier a puxasse para baixo mais de uma vez, pois a garota parecia embasbacada demais para perder tempo com coisas frívolas como permanecer viva.

A garota engasgou e, então, falou com a voz aguda.

— O que diabos um leão está fazendo aqui? — disse, apontando para a grande fera que se refastelava com os restos de uma cabra. — Nós estamos no meio do deserto!

— Este não é um leão das savanas — respondeu Chevalier, observando o leão comer. — Ele é conhecido como o leão do Atlas. Veja a juba negra. Eles vivem em regiões montanhosas e patrulham parte do deserto, do Marrocos até o Egito.

— O Rei dos Animais — murmurou Justine.

— Não sei do que está falando — retrucou Amir, com ares de ofendido. — O rei dos animais, no deserto, é o camelo.

— Majestade ou não, ele continua sendo um leão — disse Chevalier. — Como vamos passar?

O leão soltou um pequeno rugido antes de retirar mais um naco da carne. Então, se virou para onde eles estavam escondidos, encarando-os com os olhos negros.

— Ele nos viu! — reagiu Justine, entre surpresa e assustada.

— Ele já nos viu há muito tempo — disse Amir, com a voz tranquila, enquanto pousava a grande mão no ombro de Justine. — Mas o leão de Atlas vive no deserto e, como todos os seus habitantes, é um animal inteligente. Ele não vai deixar a sua fácil presa em troca de outra que pode fugir ou atacar. Entre duas presas, ele sempre vai escolher a mais fácil. Enquanto estiver comendo, podemos passar ao seu lado e nada vai acontecer.

— Dispenso a oferta — comentou Chevalier. — É melhor aproveitarmos o tempo que temos para seguir em frente.

— E eu sem a minha câmera...

— Vamos, Justine — disse Chevalier, puxando-lhe pelo braço.

Eles retornaram até os burros. Amir amarrou lenços em seus olhos e Chevalier colocou um pouco de perfume em seus narizes. Os pobres animais espirraram, mas foi o suficiente para mascarar o cheiro do grande felino. Em silêncio, eles guiaram os dois burrinhos pela trilha, seguindo por um vale comprido e deixando o território do grande leão para trás.

A noite estava chegando quando Amir fez um sinal para que parassem. Em silêncio, ele apontou para uma colina e levou a mão à orelha. Chevalier prendeu a respiração e esperou por alguns momentos, percebendo o que o guia queria dizer. Havia alguma movimentação ali perto.

Depois de esconder os burros em uma reentrância perto de um paredão rochoso, eles seguiram até o topo da colina e olharam lá para baixo. Havia uma depressão profunda onde um vasto acampamento fora montado. Dezenas de vultos em suas túnicas claras andavam de um lado para outro como formigas na areia pálida, escavando e trabalhando, trazendo as ruínas de uma antiga civilização para a luz do dia. Alguns archotes iluminavam os últimos trabalhos do dia e uma fila de trabalhadores trazia cestas de areia para fora das escavações. Ela ouviu um grito e, então, uma gargalhada.

Chevalier pegou seu goggles e o colocou no sistema de ampliação máxima, apontando para as escavações. Como imaginara, os trabalhadores eram escravos, presos por correntes e vigiados de perto por soldados em trajes negros, armados com metralhadoras e chicotes. De tempos em tempos, um dos berberes era estocado pela lâmina de couro para que trabalhasse mais rápido ou, simplesmente, para arrancar risadas dos soldados. Não havia distinção entre homens, mulheres, velhos ou crianças. Todos trabalhavam em andrajos e pareciam esqueléticos.

Repugnada, ela girou o goggles para longe. Acima deles, na encosta de um morro, um chão de pedras retangulares se estendia até uma entrada quadrada, que desaparecia em um buraco escuro. Chevalier a reconheceu imediatamente, pois já participara de expedições no Egito. Mesmo assim, não conseguia acreditar.

— Aquilo é a entrada de uma tumba? — ela questionou, mas Amir apenas deu de ombros, sem conseguir dar uma resposta.

— Não há tumbas deste tipo fora do Egito! — Chevalier continuou, ofegando. — Como isso foi parar aí?

— É melhor nos importarmos mais com os vivos do que com os mortos — disse Justine, apontando para o acampamento lá embaixo.

Chevalier apontou o goggles para o acampamento, que fora montado no perímetro da escavação. Havia inúmeras barracas, mas duas chamaram a sua atenção. Na primeira, alguns homens examinavam peças que eram trazidas pelos trabalhadores. Eles pareciam estar próximos à grandes bancadas e anotavam cuidadosamente os achados em cadernos.

A segunda barraca, no entanto, estava protegida por uma parelha de soldados armados. Chevalier manteve a vigilância por alguns momentos até que um dos homens que trabalhava na catalogação dos achados saiu da sua barraca e foi até lá. Foi apenas um vislumbre, mas ela teve certeza de ter visto caixas de transporte lá dentro. Era evidente que eles mantinham naquela segunda barraca os achados mais valiosos. Se a Mesa de Salomão estivesse naquele acampamento, ela apostaria seu drozde escorpião que ela estaria ali.

— Vamos esperar até o anoitecer — sussurrou Chevalier, ainda observando o acampamento.

— Uma decisão sábia — disse uma voz.

Chevalier se virou num rompante, levando a mão à pistola, mas era tarde demais. Dois berberes seguravam Justine e Amir e havia mais uma dezena às suas costas, armados com rifles e grandes espadas.

— Como…

— O deserto é nossa casa — disse o mesmo homem, simplesmente. — Nada acontece nas areias douradas sem que os berberes saibam.

Chevalier o encarou. Ele vestia uma túnica verde-água e pela deferência com que os outros o observavam, era óbvio que ele era o líder. Mas apesar das vestes pomposas e os olhos brilhantes, o sujeito parecia como qualquer outro berbere: magro, alto, a pele muito bronzeada, de um bonito tom de café castanho, fazendo-o parecer consideravelmente mais velho do que a idade provável.

— Você é Abd al-Karim — disse Chevalier.

— Tenho a honra de ser chamado por este nome — ele disse, fazendo um sinal para trás. Dois soldados se aproximaram, trazendo Amir entre eles. — Este árabe está sob suas ordens?

— Sim, ele se chama Amir — disse Chevalier, apertando os dentes. — Nós tivemos que suborná-lo para que nos acompanhasse. Por favor, não o mate.

— Não tenho sede por sangue, seja árabe ou europeu — disse Karim, lançando um olhar para as mãos da agente, que dispensara as luvas para ajustar os goggles. — Quem é você, aimra'at nudba, e o que fazem no coração do deserto?

Aimra'at nudba. *Mulher marcada*, traduziu. Ela o encarou.

— Eu sou a Chevalier da França e esta é Justine, minha protegida — disse, antes de lançar um olhar para trás, em direção ao acampamento. — Um soldado francês foi capturado por aqueles sujeitos. Ele fugiu, mas acabou sendo assassinado em Tânger. Estou aqui para investigar este crime.

Karim a encarou por um longo momento.

— Dizem que o inimigo do meu inimigo é meu amigo — ele falou, fazendo um gesto com as mãos. — Mas os franceses não têm amor pelos berberes. Por que não deveria deixá-los para que o deserto se encarregue do seu destino?

— Porque podemos ajudar. Aquelas pessoas lá embaixo são berberes — ela disse. — E elas foram escravizadas!

— Sabemos disso, sahyda — retrucou Karim, sério. — Tudo começou há dois anos, com pequenos desaparecimentos. Jovens e alguns homens que saíam para pastorear e não retornavam. No princípio, achamos que os sumiços estavam relacionados com os pequenos conflitos sem sentido que surgiam entre tribos rivais, mas os casos se tornaram cada vez mais numerosos. Então, uma vila inteira foi atacada e seus habitantes desapareceram.

Karim fez uma prece rápida antes de continuar.

— Resolvi investigar e descobri o acampamento. Mas antes que pudesse reunir as tribos para relatar o que estava acontecendo, seus soldados atacaram.

— Nossos soldados? — perguntou Chevalier, espantada. — O posto militar de Amekran foi atacado pelos berberes! Isso iniciou a guerra.

— Nós não atacamos ninguém, sahyda — retrucou Karim. — Sim, eu desejo a independência do Marrocos e muitas vezes discursei sobre isso, mas fui educado no Cairo e lutei ao lado dos britânicos na Guerra das Guerras. Conheço as suas máquinas de destruição, que Alá carregue de furúnculos os seus inventores. Não pretendo regar o deserto com o sangue de meus compatriotas em uma guerra vã.

— Então, quem…

— Os soldados de negro, malditos sejam as suas barbas ralas! — disse Karim, cuspindo no chão. — Eles massacraram a base de Amekran e espalharam alguns corpos berberes para que a França nos julgasse culpados.

— Mas por quê?

— Onde é mais fácil esconder um grão de areia? — perguntou Karim, em tom filosófico. — Em um deserto. Onde você pode esconder o desaparecimento de centenas de pessoas? Em uma guerra.

Chevalier permaneceu em silêncio por um momento, chocada pela lógica perversa. No entanto, ainda estava em dúvidas.

— Mesmo assim, como o Coronel Loup não percebeu que estava sendo enganado?

— O ouro é divino em sua beleza, mas tem o dom de cegar aqueles que o cobiçam — disse Karim.

Ela trocou um olhar assustado com Justine.

— Loup foi subornado?

— É o que dizem os nossos informantes.

Aquilo pegou a agente de surpresa.

— *Você* tem informantes em Tânger?

Karim sorriu e fez uma mesura, como se estivesse agradecendo um elogio.

— Tânger faz parte do deserto e nada acontece no deserto...

— Sem que os berberes saibam — completou Chevalier, com um sorriso forçado. — Já entendi.

Karim sorriu, amável, antes de continuar.

— O soldado francês morto em Tânger fugiu deste acampamento — ele continuou, lançando um olhar para além da colina. — Ele foi perseguido pelos homens de negro e acabou morte por um dos seus líderes.

Chevalier assentiu e apertou os dentes por um momento. Suas cicatrizes coçavam e, com um gesto intempestivo, ela arranhou o braço.

— O sol.

Chevalier piscou os olhos para os céus, já cobertos totalmente pela noite escura e se virou para Karim, sem entender.

— No deserto, aprendemos a respeitar o sol — explicou Karim, percebendo o atrapalhamento da francesa. — Ele morre e nasce todos os dias. Ele nos dá força, mas também pode nos matar. Renascimento. Como a pequena ave em seu pescoço.

— Você conhece a lenda da fênix? — ela se espantou.

— Universidade do Cairo, sahyda — ele disse, simplesmente.

— Era assim que meu tio-avô me chamava — disse Chevalier, passando o dedo no pingente. — Fênix.

— A Renascida. Um nome forte — ponderou Karim.

— E eu proponho um acordo.

— Que tipo de acordo, Renascida? — pediu Karim, interessado.

— Se me ajudar a descobrir quem matou o soldado, prometo interceder em nome dos berberes — disse ela. — Eu preciso de provas da interferência destes homens na guerra ou eles não vão acreditar em mim.

— Como disse, fui educado no Cairo, sahyda. Você diz ser a Chevalier da França. Sua palavra não é o suficiente?

— Para o exército? — ela disse, com um sorriso torto. — Nem pensar.

— É um modo estranho de governar quando seus líderes não acreditam em seus súditos.

— Não tente a sorte na corte, Karim — resmungou ela. — Você ficaria surpreso.

— Dizem que, quando há muitos comandantes, o navio afunda — continuou Karim, soltando um suspiro. — Como pretende conseguir estas provas?

— Eu preciso investigar o acampamento — explicou ela. — Achamos que este grupo está atrás de um antigo artefato.

— Será perigoso — ele comentou.

— Bem, é o meu pescoço que estará a perigo.

Justine soltou uma exclamação, mas Chevalier a calou com um olhar.

Karim sorriu.

— É verdade. Para os berberes, é um bom acordo. Levaremos sua amiga e seu guia em segurança e deixarei aqui dois homens de minha total confiança. Se sobreviver à sua pequena excursão, então nos encontraremos em nosso acampamento. Se não, que Alá a conduza em sua jornada até o outro mundo.

— Chevalier...

A agente interrompeu Justine, segurando-lhe as mãos.

— Eu sei o que estou fazendo. Confie em mim — pediu, rezando para que a garota não notasse as suas mãos trêmulas.

Justine soltou uma exclamação muda e deu um abraço na agente. Então, as duas se separaram quando Karim se pôs a caminho. Chevalier observou as costas da garota se afastarem até desaparecer no horizonte escuro da noite marroquina.

7.

Chevalier e os dois berberes esperaram até a madrugada e, então, voltaram a galgar o morro. O acampamento estava às escuras, com a exceção de um ou outro archote que queimava entre as barracas. As fogueiras foram apagadas e os homens haviam se recolhido. Alguns soldados patrulhavam as fronteiras do acampamento de forma indolente, entre bocejos.

— Eu vou descer — ela sussurrou em árabe para os beduínos, que fizeram uma prece.

— Alá lhe proteja — um soldado pediu.

Chevalier sorriu e começou a descer. Com o escorpião drozde à sua frente, ela seguiu o pequeno aracnídeo enquanto se esgueirava duna abaixo. Sozinha, escorregando no deserto silencioso, sentiu o coração transbordar. O frio a recebia de braços abertos, enquanto comungava com a areia e seus domínios. Não havia pressa, nem hesitação. Apenas ela, o deserto e seus mistérios.

Alguns metros depois, o escorpião metálico parou e ergueu a cauda. Chevalier parou imediatamente e apurou os ouvidos. Permaneceu em silêncio por alguns momentos, até descobrir que havia uma movimentação em uma barraca uma dezena de passos adiante. Um sujeito deixou o local e se sentou do lado de fora para fumar um narguilé.

Agradeceu o pequeno drozde com um gesto carinhoso e eles começaram a contornar o acampamento. Devagar, circularam o perímetro formado pelas barracas até se aproximar do outro lado. Abaixo, as duas barracas onde as peças eram examinadas. Acima, a entrada da tumba.

Ela chegou a se esgueirar por um momento, mas parou. Então, voltou a se esgueirar novamente, mas parou uma segunda vez. Estava ali como uma agente do Bureau, precisou dizer para si mesma. Não havia tempo para vasculhar sítios arqueológicos.

Seu coração, no entanto, batia de forma desordenada.

O buraco retangular da tumba recortava a areia acinzentada pela noite como uma mortalha negra sob a luz do luar. Pouco a pouco, a entrada alastrou-se em sua mente, transformando seus pensamentos em ecos surdos. Um brilho surgiu em seus olhos quando ela mudou de direção.

O escorpião ainda tentou puxá-la com a sua garra, como se não estivesse entendendo aquela súbita mudança de planos, mas, por fim, desistiu e correu para a frente da sua ama, subindo a duna com as patas minúsculas e deixando um pequeno rastro na areia. E a roda dentada do Destino girou mais uma vez.

***

Apenas uma espiada. Uma espiadinha à toa, Chevalier disse para si mesmo, tentando se convencer de que não estava quebrando *tantas* regras do Bureau assim.

Momentos depois, a culpa foi substituída por uma sensação de expectativa ansiosa. Não importava se estivesse colocando sua missão em risco. Ela precisava saber. Simplesmente precisava.

Com cuidado, se esgueirou até o buraco negro e desceu as escadarias por quase uma dezena de metros na completa escuridão até estar suficientemente longe para ousar acender uma lanterna de filamento. Apesar de confiar na visão noturna de seus goggles, preferia examinar a tumba com os próprios olhos.

O túnel de pedra era alto e havia bastante cascalho solto sob seus pés. Uns vinte metros após a entrada, havia um poço muito profundo, uma precaução típica dos construtores para desencorajar ladrões. Os berberes haviam construído uma pequena ponte de madeira e Chevalier passou por ela sem dificuldades.

A sensação ali dentro era de sufocamento. O ar era viciado e ainda recendia os séculos acumulados de pó e poeira. Ela retirou a túnica para poder respirar melhor, guardando as vestes na mochila enquanto examinava a câmara.

Não havia hieróglifos nas paredes e o chão parecera ter sido varrido há pouco tempo, o que não lhe surpreendeu. Os berberes haviam levado tudo para fora. Cada pequeno pedaço de cerâmica, cada escultura, cada papiro. Fora um trabalho muito bem feito, e com muito cuidado, o que a surpreendeu. Estava acostumada a lidar com ladrões de tumbas. Normalmente, os larápios só se importavam com artefatos em ouro ou madrepérola, além das múmias, que valiam um bom dinheiro no mercado negro. Papiros eram difíceis de serem contrabandeados e os estudiosos eram raros e, normalmente, ligados às universidades.

Aqueles homens eram comandados por escavadores profissionais. Mas *como*? E *por quê*?

Deixando estas indagações para outra hora, continuou. O ar tornava-se cada vez mais quente à medida que avançava em direção à escuridão ofegante. O teto se tornara mais alto e parecia repleto de sombras que se remexiam na escuridão. Chevalier não ergueu o facho, mas o cheiro ácido não deixava dúvidas de que a câmera estava repleta de morcegos.

Depois de uma curta distância, o corredor de pedra terminou em uma antecâmara recortada na própria rocha. No centro, havia uma placa de pedra. Chevalier se aproximou e, com o coração bombando de emoção, leu os hieróglifos.

Para você que eu falo, a todas as pessoas que encontrarem a passagem da tumba. Não tomem nem mesmo uma pedra, do lado de dentro ou de fora. Os Deuses que descansam no meio das montanhas ganham força todos os dias. Procurem um lugar digno de vós e descansem nele e deixem a passagem final de Shoshenq I.

Shoshenq I!, exclamou para si mesmo, colocando a mão na boca. Chevalier deu um passo para trás, surpresa, e então, viu uma estela do outro lado. O símbolo de Shoshenq I aparecia entalhado, intacto e inconfundível.

Sua mente rodopiou enquanto conectava o que se lembrava do antigo egípcio. Shoshenq fora o primeiro faraó da vigésima segunda dinastia do Egito. Ele recebeu em seus domínios o israelita Jerobão, que tentara conspirar, sem sucesso, contra o Rei Salomão. Com a morte do Rei, Jerobão e Shoshenq invadiram Israel e formaram um novo reinado, conhecido como as Dez Tribos Unidas. Durante a campanha, a Bíblia afirmava que Shoshenq saqueara o templo de Salomão. Achados históricos posteriores indicavam que uma grande quantidade de ouro fora utilizada nos templos egípcios durante o reinado do faraó Shoshenq, o que parecia confirmar a história.

E os hieróglifos escritos na pedra confirmavam aquela teoria. Chevalier voltou a se aproximar, traduzindo com rapidez enquanto passava os dedos pelos entalhes de pedra. Segundo o que pôde compreender, em uma tradução muito apressada, Shoshenq utilizara boa parte dos tesouros conquistados de Salomão para construir um império forte e pagar pelos seus planos expansionistas. Ao mesmo tempo, se apaixonara por três peças. Não havia menção às outras duas, mas a Mesa de Salomão era seu item favorito e, por isso, fora enterrado com ele para que, juntos, seguissem para a vida eterna.

Até onde Chevalier lembrava, Shoshenq reinara durante vinte e poucos anos, dando lugar ao seu filho, Osorkon I, mas sua tumba nunca fora descoberta. Shoshenq tivera um reinado repleto de inimigos palacianos e externos. Ele saqueara a Núbia, Israel, Síria, Fenícia e vários outros reinos. E, como um bom faraó, creditava à tumba a possibilidade da vida eterna. Rico com o saque ao Templo de Salomão, teria bolado um plano tão audaz de construir uma tumba nos confins do mundo conhecido para se proteger dos ladrões e seus inimigos?

Pelo que Chevalier conseguira entender dos hieróglifos, a resposta era sim.

Após traduzir o resto da mensagem, seguiu para a próxima câmera, que continha duas grandes mesas de pedra. A primeira estava vazia e pelo formato do pó acumulado nos últimos séculos, fora ali o descanso eterno da Mesa de Salomão. No outro aparador, estava um caixão de madeira.

Sem conseguir se conter, Chevalier abriu o caixão. A múmia o encarou de volta com sua expressão silenciosa. Ataduras marrons e em ruínas exibiam padrões intrincados, como se fossem tecidos na própria pele. A cabeça grande e os braços cruzados sobre o peito, seus membros duros e estendidos, davam ao cadáver de milhares de anos uma terrível majestade.

O que descobrira ali a assombraria por toda a vida. Por um momento, imaginou o que seus antigos colegas achariam daquela história, quando voltasse para Paris.

Então, lembrou-se que o Prof. Chacarral proibira que frequentasse a universidade ou que conversasse com seus antigos colegas e professores. Ela fechou o caixão com um gesto irritado e apertou os lábios. Em um ato contínuo, balançou a cabeça, pois ainda havia trabalho a ser feito.

Depois de lançar um último olhar à tumba, deixou o local, fazendo suas botas ecoarem o mais silenciosamente possível até atravessar o poço. Ao se aproximar da saída, desligou a lanterna e subiu o resto do caminho em silêncio.

Do lado de fora, o ar frio fora um refresco. Mesmo não sendo supersticiosa, o ambiente no interior da tumba era opressivo e pouco acolhedor.

Não que eu fosse ser melhor recebida no acampamento, pensou, ao se aproximar das tendas. Não tinha dúvidas de que seria tratada como inimiga, principalmente quando descobrissem sua nacionalidade. Mas precisava arriscar. Se a Mesa de Salomão fora o motivo do assassinato dos pais, ela precisava descobrir onde ela estava e quem eram os responsáveis. Custasse o que custasse.

O acampamento estava silencioso. O trabalho diário era exaustivo e os homens ressonavam a sono solto em suas barracas e tendas. Chevalier trocou a lente dos seus goggles para visão noturna e esquadrinhou o local. Viu alguns soldados patrulhando a área enquanto se aproximava da barraca onde imaginava encontrar a relíquia.

Com cuidado, cavou a areia fofa até conseguir abrir um buraco suficientemente grande para que pudesse passar. Então, se arrastou lá para dentro.

O interior da barraca recendia a coisas velhas e pinho novo, que era utilizado nos grandes caixotes de madeira que armazenavam os materiais coletados. Uma inspeção rápida lhe mostrou rolos de papiro, alguns vasos canópicos, máscaras mortuárias e fragmentos de placas com hieróglifos. Aquilo poderia render dezenas de anos de pesquisas, mas era menos do que nada comparado à Mesa de Salomão.

Ela gastou quase uma hora para examinar todas as caixas, mas seu trabalho foi em vão. A Mesa não estava em lugar algum. Frustrada, dirigiu a atenção para uma mesa de campanha que fora instalada em um canto. Havia uma pilha de documentos em uma ponta. Se tivesse sorte, conseguiria alguma pista sobre a Mesa ou os financiadores daquela expedição clandestina.

O primeiro documento trazia no cabeçalho um símbolo gravado. Não havia dúvidas de que era o mesmo emblema que vira de relance nos homens que lhe atacaram no trem para Taza. Ela trouxe o papel junto aos olhos. O emblema tinha a forma de um pentágono, com uma águia com as asas esticadas gravado no centro. Havia uma cruz no peito da águia e, embaixo, uma inscrição: Ostia Mithrae.

Nunca ouvira falar deles, mas conhecia o mitraísmo, um antigo culto romano ligado ao deus Mitra e, muitas vezes, ao deus da guerra, Marte. E o resto do documento parecia confirmar sua impressão, pois estava escrito em italiano.

O ofício apenas relatava os achados do dia e estava datado de algumas semanas atrás. Deixou o papel de lado e pegou o próximo e, depois, o próximo, e assim por diante. Eram documentos simples, relatando os achados, o dia e a hora e um código, que provavelmente se referia à caixa onde a peça estava acondicionada. Mas não havia nenhuma menção à Mesa.

Frustrada, largou os papéis e lançou um grande olhar para a barraca. Havia apenas caixotes e mais caixotes, duas cadeiras, meia dúzia de lampiões apagados, algumas ferramentas utilizadas para fechar os tampos, uma caneta pendurada junto a um dos postes de sustentação, trinchas de limpeza e um conjunto de pás.

Enquanto pensava em suas opções, a lembrança dos dois anos em que trabalhara nos arquivos do Bureau lhe lancetou a mente. Com os passos rápidos, se aproximou do poste. A caneta fora pendurada por uma corda presa a um prego, uma providência comum para que não desaparecesse durante o trabalho. Era frustrante ter que anotar algo e perceber que não havia nada para escrever. E isso era duas vezes pior quando estavam com pressa, principalmente na entrada e saída de documentos.

Ou, neste caso, de caixotes.

Pendurada acima da caneta estava uma plaqueta de madeira com um calhamaço de papéis presos por um prendedor de metal. Como imaginara, ali estavam anotadas as partidas. E a última, datada do dia anterior, continha apenas uma caixa: *Cassa n. 27 - Il Tavolo. Destinazione: Roma.*

A Mesa!

8.

Após uma cavalgada de duas horas, Chevalier, escoltada pelos dois soldados de Karim, alcançou o acampamento dos berberes. Somente as brasas de uma fogueira quase extinta aqueciam os vigias, mas, no interior da tenda de Karim, vários archotes iluminavam uma coleção multicolorida de tapetes e almofadas. Ele a recebeu com uma xícara de café quente e doce e ela agradeceu, sentindo o líquido descer pela garganta, esquentando seus ossos enquanto Justine agarrava seu braço, aliviada pela volta da tutora em segurança.

— E então? — miou Justine, quase tendo um gatinho de ansiedade.

— A Mesa. Ele foi achada — disse Chevalier, engolindo o ar com sofreguidão.

— Ótimo! — exclamou a garota. — Então, podemos ir embora?

— Não é isso — disse Chevalier, balançando a cabeça. — Ela foi roubada antes que eu a encontrasse.

— Que horror! — disse Amir, levando as mãos à barba. — Como alguém poderia pensar em roubar um artefato tão valioso?

— Eu não vim roubar nada. E seu sarcasmo não ajuda em nada, Amir — resmungou Chevalier.

— Não, de fato, mas alivia a minha consciência.

Karim, que acompanhava aquela conversa com atenção, se intrometeu.

— Creio que não esteja entendendo. De que mesa estamos falando?

— A Mesa de Salomão — explicou Chevalier. — Já ouviu falar dela?

Karim franziu o cenho.

— Conheço a lenda de Tariq, sahyda.

Chevalier ergueu uma sobrancelha, impressionada.

— E quem é este? — perguntou Justine, ao que a agente prontamente respondeu.

— Após desaparecer durante a destruição do Templo de Salomão, a Mesa só voltou a ser mencionada no século VIII. Tariq era um berbere que teria sido enviado pelo governador de Marrocos, Ibn Nasyr, para conquistar a região da península ibérica. Tariq liderou a força de invasão em Toledo, após atravessar Gibraltar e derrotar o rei Visigodo. Ele teria encontrado a Mesa de Salomão e a reivindicado como parte do seu pagamento, mas Ibn Nasyr a tomou para si mesmo, pois pretendia entregar a peça como presente para o Califa. Tariq, irritado, quebrou uma das pernas da mesa e a substituiu por uma peça inferior.

— Então, ambos foram convocados para seguir para Damasco, onde seriam homenageados pelo próprio Califa — continuou Karim. — Ibn Nasyr apresentou a mesa como parte de sua conquista, presenteando-a ao seu rei. O Califa, em sua infinita sabedoria, reconheceu imediatamente a perna falsa e perguntou o que havia acontecido.

— Nasyr disse que a havia encontrado desta forma, mas Tariq interferiu — disse Chevalier. — Apresentando a perna verdadeira como prova, ele disse que a mesa era proveniente de seu saque e que fora tomada ilegalmente por Nasyr. O comandante caiu em desgraça e morreu em penúria, alguns anos depois. Tariq foi homenageado e passou a viver em Damasco.

A mesa, por sua vez, ficou em posse do Califa.

— Deve haver alguma lição de moral por aí — disse Justine, pensativa. — Não roubar do califa ou algo assim.

— Acho que somente a parte do *não roubar* é o suficiente — disse Chevalier. — Mas, na verdade, a Mesa nunca apareceu nos registros de Damasco, por isso muitos acreditavam que a história de Tariq fosse apenas uma lenda. Mas a história se espalhou e a Mesa de Salomão é sempre representada com uma perna quebrada.

— E agora? — perguntou Karim.

— Agora, nós temos *certeza* de que a história de Tariq é uma lenda — disse Chevalier, explicando o que encontrara na tumba egípcia e, depois, no acampamento. Ela pegou os documentos do bornal e os apresentou para Karim.

— Ostia Mithrae — repetiu Karim para consigo. — Meu latim, lamento, é deplorável.

— *Ostia* quer dizer hóstia em latim — traduziu Chevalier.

— Aquela bolacha que os católicos comem em suas liturgias? — perguntou Justine.

— Sim — respondeu Chevalier, coçando o queixo. — Mas não é só uma bolacha. Ela representa o corpo de Cristo.

— Vocês têm costumes estranhos — murmurou Amir.

— O costume não é meu — resmungou Chevalier, sem se virar. — E vocês se curvam a um cubro negro.

— Um ponto justo — concordou Amir.

— O corpo de Cristo, então — disse Justine, retomando o assunto. — E o resto? O tal mirta, murta, mirc…

— Mithrae é o culto à Mithra — interrompeu a Chevalier. — Um antigo culto romano ligado ao deus Mitra.

— E o que eles faziam? Comiam hóstias também?

— Não sabemos — confessou a agente, olhando para Justine. — O mitraísmo é um culto mistério, o que significa que apenas seus membros sabiam as liturgias e as atividades do culto e estes eram passados oralmente. Não há um texto central único como a Bíblia ou o Alcorão. O que sabemos é que a adoração ocorria em um templo, chamado mithraeum, que era construído para se assemelhar a uma caverna natural.

— Mas tem uma cruz aí dentro — retrucou Justine, apontando para o emblema desenhado nos documentos.

— Eu sei e isso é muito estranho. A águia não é um símbolo cristão ou do mitraísmo. Eles veneravam o touro, que era usado nos sacrifícios à divindade. No entanto...

Houve uma pausa, enquanto a agente parecia não olhar para lugar algum.

— O que foi? — perguntou Justine, reconhecendo o olhar de Chevalier.

— Os sujeitos são italianos — disse ela. — O latim era a língua italiana por natureza, principalmente no império romano, época da expansão do mitraísmo. E esta é a *aquila* romana, a águia estandarte do império.

— E a cruz? — perguntou Karim.

— Parece que esta tal Ostia Mithrae pretende unir as duas mitologias — concluiu Chevalier.

— Dizem que quem troca de religião só troca de dúvidas — disse Amir, coçando a barba. — Por que alguém uniria liturgias tão diversas?

— Não tenho a mínima ideia — admitiu Chevalier.

— Algo a ser considerado pelos seus governantes, sem dúvida — interrompeu Karim, remexendo nos documentos. — Sahyda, você encontrou as provas de que precisava? Isso é o suficiente para convencer sua Rainha?

Chevalier remexeu as mãos nervosamente. Durante toda a cavalgada no deserto, pensara no que iria dizer, pois sabia que a conversa convergiria para este ponto em algum momento. Suspirando fundo, fez um aceno positivo com a cabeça.

— Sim, mas ainda preciso lhe pedir um favor.

— Dizem que um favor é como um beijo de mel, mas acho que esperas muito de mim, sahyda — retrucou Karim, com um olhar penetrante à agente.

— Eu sei e provavelmente a paga que posso lhe dar é muito pequena — admitiu. — Mas a Mesa de Salomão é um artefato único. E ela foi roubada das suas terras, usando seu povo como escravo. Não creio que possa admitir isso.

Karim uniu as duas mãos junto ao peito e baixou a cabeça, como se estivesse pensando. Então, levantou o pescoço.

— E o que podes fazer por mim e pelo meu povo?

Chevalier sentiu uma ponta de esperança.

— A rainha ficaria eternamente agradecida.

— O suficiente para que concedesse a liberdade para que meu povo governasse a si próprio?

Karim e Justine se viraram para Chevalier, que segurou a respiração. Por um momento, ela pensou no que dizer, mas, por fim, optou pela verdade.

— Provavelmente, não.

Karim ergueu uma sobrancelha e a encarou por um momento e, então, soltou uma gargalhada.

— Aprecio a sua honestidade, sahyda — ele disse, enxugando uma lágrima. — Se tivesse mentido, não teria lhe ajudado. Mas está certa. Não posso permitir que roubem de meu povo mais do que já roubaram. Nunca tive homens em número suficiente para atacar o acampamento, mas imagino que esteja querendo atacar um comboio.

— Sim — disse Chevalier, aliviada. Ela pegou os papéis da partida e os mostrou para Karim. — Veja isto. Eles partiram há umas doze horas em dois tanques lagarto e estão seguindo para o litoral.

Karim foi até um grande baú e examinou vários rolos até puxar um mapa, que foi aberto entre eles.

— Os italianos partiram daqui — disse ele, apontando para um ponto ao sul de Marrocos. — E estão seguindo para o norte com dezoito horas de vantagem. E estão motorizados — acrescentou.

— Segundo o despacho, eles seguiram em dois tanques lagarto — relembrou Chevalier. — Eles não ultrapassam os 30 quilômetros por hora. E seus cavalos?

Karim sorriu.

— O dobro disso, sahyda.

— Mesmo assim, a distância não é tão longa assim — resmungou Justine, examinando a escala do mapa. — Eles estavam a uns 300 quilômetros do litoral. A esta altura, o comboio já deve ter chegado.

— Ninguém seguiria durante a noite, pequena sahyda — disse Karim. — É perigoso demais, mesmo para tanques fedorentos. E eles nunca conseguiriam atravessar *isso* com aquelas lagartas.

O seu dedo apontava para uma faixa escura, ao norte de Marrocos, que cortava o país de leste a oeste.

— O que é isso? — perguntou Chevalier.

— É a Cordilheira do Atlas. Uma cadeia de montanhas que atravessa todo o país. Não há pontos de travessia nesta região.

— Eles podem contorná-la?

— Somente aqui, perto de Taza — disse Karim, apontando para outro ponto no mapa.

— Não — disse Chevalier, em tom conclusivo. — Não iriam se arriscar tão perto de nossos soldados.

— Loup foi comprado — lembrou-lhe Karim.

— Sim, mas não é fácil comprar todo um batalhão, Karim. São pessoas demais.

— Um segredo compartilhado não é mais um segredo — filosofou ele, concordando.

— Concordo, mas há algo mais. Vocês se lembram do sargento em Taza? — perguntou Chevalier, se virando para Justine e Amir.

Ambos concordaram com um aceno lento e Chevalier continuou.

— O sujeito tentou nos impedir de sair da cidade e disse que estavam se preparando para seguir para o sul — explicou para Karim. — Loup deve tê-los mandado para longe da cordilheira para que as patrulhas não encontrassem o comboio.

— Liberando a passagem para a Mesa — concluiu ele. — Muito esperto.

— Eles devem seguir até as montanhas com os lagartos e, depois, atravessá-las a pé ou a cavalo — continuou Chevalier. — A mesa não é tão grande assim.

— Então, temos uma chance! — exclamou Justine, excitada.

— Uma batalha nas montanhas — murmurou Amir. — O que pode dar errado?

— Mais sarcasmo — resmungou Chevalier.

— Não se preocupe por antecipação, meu amigo — disse Karim, se virando para Amir. — Além disso, nós somos homens da montanha.

— Achei que vocês fossem homens do deserto — disse Justine.

— As montanhas fazem parte do deserto. E nada acontece no deserto…

— Sem que os berberes saibam — recitaram juntas Justine e Chevalier.

— Eu não poderia ter dito melhor — sorriu Karim.

9.

Em poucos minutos, Karim reuniu os seus homens. Não havia tempo para levantar acampamento, então dois soldados ficaram para trás. Com saudações e recomendações à Alá, o pequeno exército montou nos cavalos e partiu em direção à escuridão.

Um batedor foi à frente, cavalgando para o norte, e Karim liderou o resto da companhia logo atrás, mantendo um ritmo forte. Faltavam algumas horas para o amanhecer e eles precisavam cobrir a maior distância possível naquele tempo. Desta forma, as pausas foram substituídas por um trotar mais suave, onde os cavalos poderiam descansar um pouco. E, em uma delas, Karim se aproximou de Chevalier.

— O que busca aqui, sahyda?

A pergunta direta a pegou desprevenida e Chevalier gaguejou ao responder, murmurando algo incompreensível. Então, recuperou o controle.

— Eu já lhe disse. O assassinato de um soldado…

Mas Karim a interrompeu com um gesto grave.

— Não se colocaria em perigo imediato por causa disso.

Chevalier não respondeu de imediato. Afinal, a verdade era a verdade. Mas ela precisava se justificar.

— A Mesa de Salomão é um objeto de inestimável valor.

— Ah, sim — concordou Karim. — Tive longas conversas com a pequena Justine sobre isso.

Chevalier franziu o cenho. Precisava incutir um pouco de discrição na garota.

— Ela me falou sobre o seu trabalho como arqueóloga — continuou Karim, passando a mão na crina do seu cavalo branco. Ele relinchou de satisfação. — A paixão pelo antigo é algo que compartilhamos.

Ela deixou este comentário morrer na escuridão. Karim, no entanto, tinha outros planos.

— Mas, mesmo assim, vejo um fogo em seus olhos quando fala sobre estes homens.

O silêncio se prolongou por mais algum tempo desta vez, enquanto Chevalier comungava com os próprios pensamentos. Ela lançou um olhar para trás, onde a caravana seguia em fila indiana, caminhando em direção ao seu destino.

— Estes homens… — ela disse, por fim. — Eles mataram os meus pais.

— Ah, então é isso — comentou Karim. — Você busca por vingança. O que é certo.

Vingança?, repetiu Chevalier para si mesmo. Não ousara verbalizar aquela palavra desde que descobrira o que acontecera. Seria isso, apenas? Cobrar com sangue aqueles que lhe tiraram sangue? Não havia dúvidas de que *precisava* descobrir quem matara os pais, mas, na verdade, nunca pensara no que faria após conseguir esta informação.

— Não — disse, e sentiu um alívio ao perceber que sua voz traduzia exatamente o que estava sentindo. — Não desta forma. Gostaria de vê-los na cadeia.

Houve um momento de silêncio.

— Uma vez conheci dois irmãos gêmeos: Yosef e Abdul — disse Karim, olhando em frente. — A voz de Yosef era alta e confiante. Ele tinha o hábito de afirmar seus pontos de vista com absoluta certeza. Era rápido, ágil e alegre. Já a voz de Abdul era baixa e tinha um tom queixoso e sempre expressava dúvida. Ela parecia estar sempre num estado de ansiedade diante de uma coisa ou de outra. Era prudente e procurava dificuldades onde, ás vezes, elas não existiam.

— E quem eu sou? — perguntou Chevalier.

— Nenhum dos dois. Ou ambos. Ponderação e ação. Vida e morte. Sol e lua. São todos opostos, mas nós devemos aprender a viver entre eles. Balanço e harmonia é o que busca o homem sábio.

— Ou mulher.

Karim sorriu e se remexeu em cima da sela do cavalo.

—Então, sahyda prefere a força da lei à resolução particular?

— Não obedecemos mais a Lei de Talião, Karim — ela disse. — Olho por olho e o mundo acabará cego.

Karim fez um murmúrio e, então, comentou.

— És dotada de grande sabedoria para alguém tão jovem.

— Li muito.

Karim ergueu as mãos para os céus.

— O melhor lugar do mundo é na costa de um cavalo e a melhor coisa a fazer com este tempo é ler um livro.

Foi a vez da Chevalier sorrir.

— Vocês têm provérbios para tudo.

— Olhe para o deserto, Renascida — disse ele, fazendo um gesto para o horizonte negro. — Temos pouco para fazer além de filosofar.

— Por enquanto. Amanhã, tudo irá mudar — disse ela, soturna.

— Renascimento. Dia. Noite. Vida. Morte — repetiu ele. — Todo o dia podemos morrer, sahyda. Não é o medo da morte que nos define, mas o que fazemos com o tempo que temos aqui. Amanhã, será o que Alá quiser.

Chevalier sorriu e devolveu o cumprimento. Em silêncio, Karim fez um gesto para a tropa, que voltou a trotar em alta velocidade, seguindo para o norte.

***

O dia amanheceu com Karim e Chevalier liderando a caravana até as margens da Cordilheira do Atlas. Logo após o salat da manhã, eles galgaram uma grande duna para observar, pela primeira, a cordilheira. As montanhas carmesins subiam contra um céu de um azul muito claro. Por detrás das escarpas, desfiladeiros aterradores escondiam vales verdes entre precipícios protegidos por pedras milenares. Amir e suas palavras cuidadosas tinha razão. Aquele era um lugar terrível para uma batalha.

E no sopé da montanha, algo que eles já esperavam.

— São os tais lagartos de ferro? — perguntou Amir, apontando para os pontos brilhantes.

Chevalier, que observava o local com seu goggles, confirmou com um aceno. Como imaginara, os tanques lagarto foram abandonados no início das montanhas. Dali, o comboio seguira a pé.

— Não vejo ninguém.

— Nenhum soldado? Nenhum vigia?

— A mesa vale mais do que uma centena de tanques — respondeu Chevalier à Justine. — Além disso, quem iria roubar estas coisas no meio do deserto?

— Você ficaria surpresa, sahyda.

Chevalier lançou um olhar inquisitivo à Karim, mas resolveu não insistir no assunto.

Depois de mais alguns momentos, eles se convenceram de que estavam seguros e instigaram os cavalos até as montanhas, desmontando junto aos tanques. Uma inspeção rápida não encontrou ninguém.

— E agora?

— Há uma trilha que segue serpenteando por aquele vale — disse Karim, depois de conversar rapidamente com dois homens que haviam sondado a entrada da montanha. — Meus homens viram sinais de uso recente.

Chevalier sacou a sua pistola.

— Vamos.

Karim deu as suas ordens. Dois homens ficaram para trás, para guardar os cavalos e os tanques. O resto engatilhou as espingardas e desembainhou as espadas, se preparando para qualquer eventualidade.

Mas eles mal andaram uma centena de passos antes que uma saraivada de tiros alcançasse seus ouvidos. Chevalier saltou para o chão, puxando Justine com o braço. O matraquear da metralhadora parecia perigosamente próxima, arrancando pedaços de rochas e pedregulhos das paredes. Karim gritou para que todos voltassem, uma ordem que foi rapidamente obedecida. Por milagre ou intervenção de Alá, dependendo para quem se perguntasse, ninguém ficou ferido, a não ser um soldado que recebeu um estilhaço na testa.

— Você viu? — perguntou Karim, assim que se afastaram o suficiente.

— Sim — disse Chevalier, respirando curto.

— Viu o quê? — perguntou Justine, engolindo um grande gole d´água do seu cantil com as mãos trêmulas. — Eu só ouvi tiros de tudo que é lado.

— Uma casamata no alto da montanha — disse Chevalier. — Duas metralhadoras apontadas para a trilha.

— Isso é mal, sahyda, muito mal. Um cenário terrível.

Chevalier concordou com um arrepio em suas cicatrizes. Avançar contra uma posição mais elevada era o pior cenário terrível para uma batalha. E uma palavra rapidamente veio à sua mente.

Verdun.

A Batalha de Verdun ainda estava muito fresca na memória dos franceses. O combate, também conhecido como Máquina de Trituração, foi uma batalha que durou quase dez meses, sendo a maior e mais longa de toda Grande Guerra, colocando frente a frente os exércitos alemão e francês. Os alemães conseguiram estabelecer uma posição mais elevada e, durante os meses seguintes, resistiram a dezenas de ataques dos franceses. A concentração de combates numa área relativamente pequena destruiu o terreno, resultando em condições terríveis para ambos os lados. Em várias zonas, não havia nenhum sinal de vida; apenas lama, ossos e corpos que se estendiam por quilômetros. As florestas ficaram reduzidas a tocos de madeira chamuscados. Estima-se que mais de 300 mil soldados tenham morrido em suas fileiras e que os feridos alcançaram a casa de um milhão. Em sua maioria, chagas causadas pelos quase 40 milhões de projéteis que foram lançados durante todo o conflito. O fogo mata, era o que diziam os comandantes.

Mata e marca, completaria Chevalier.

— Vamos desistir — disse ela. — Não posso obrigá-los a seguir neste plano insano. Não posso tolerar que estas mortes caiam na minha consciência. Vidas não valem um artefato, por mais valioso que ele seja.

— Esta não é uma decisão que cabe a você tomar, sahyda — disse Karim. — São os homens do deserto livres para decidir quando e como morrer.

Chevalier pareceu chocada.

— Mas…

— Mas, como já disse, não tenho gosto pelo sangue — interrompeu Karim. — Não pretendo sacrificar meus homens. Já caçou uma perdiz-moura?

A súbita mudança no assunto a desconcertou.

— Caçou *o quê?*

— É um pássaro que vive nas montanhas. Muito difícil de achar, muito difícil de abater. Ele não voa, mas aprendeu a se proteger atrás das rochas. Então, ele ergue a penugem e espera que atiremos. Enquanto o caçador recarrega, ele salta para detrás de outras pedras, até conseguir fugir.

Chevalier ergueu uma sobrancelha, em dúvida.

— Metralhadoras não recarregam.

— Sim, o que as torna diabólicas. Mas não podem atirar em dois alvos ao mesmo tempo.

Chevalier, que tivera aulas de manobras militares no Bureau, limpou o suor do rosto antes de perguntar.

— Uma isca. É o que está sugerindo? Como?

— Uma isca tão protegida quanto a perdiz atrás das rochas.

Chevalier balançou a cabeça.

— Eles estão em uma casamata, Karim. Não há prote... Os lagartos!

O seu grito chamou a atenção dos demais, mas a agente não se importou. Ela se virou para Karim, que a encarava com um sorriso.

— Meus homens sabem usar suas armas, mas não como manejá-los — ele ponderou.

— Não se preocupe com isso — ela disse, piscando um olho para Justine. — Conheço duas ótimas motoristas.

E, em pouco tempo, ela explicou o plano para a garota, que não havia compreendido o que se passava entre os dois. Um sorriso lhe brotou nas faces e a garota esfregou as mãos em satisfação.

— Nunca dirigi um tanque!

— Tome cuidado, ou será a última máquina em que porá as mãos.

Justine piscou um olhou para a agente, antes de se pôr a caminho. Chevalier seguiu seus passos, mas foi segura por um gesto de Amir.

— É uma decisão prudente? — perguntou, apontando para a garota.

Ela sorriu.

— Já passamos a fase da prudência aqui, Amir.

— É verdade — concordou ele, com um suspiro.

Os dois tanques lagarto continuavam no mesmo lugar, abandonados no sopé da montanha e, agora, guardados por dois berberes que haviam acendido uma fogueira para fazer café. Eles as cumprimentaram com um aceno quando Chevalier se aproximou de uma das máquinas, mas não interferiram. Karim as respeitava e, para os berberes, isso era o suficiente.

Chevalier lançou um olhar avaliador para o tanque. Em seu treinamento, pilotara aracnídeos e alguns tipos de andadores bípedes, mas nunca um tanque de vinte toneladas. A comprida máquina, com suas rodas dianteiras e as duas lagartas de aço atrás, que davam nome à composição, parecia ameaçadora do lado de fora. Havia uma metralhadora de grande calibre montada na cabeça, perto da escotilha de entrada, alcançada através de pequenos degraus de ferro rebitados no ventre da máquina.

Ela suspirou e se virou para Justine e não se surpreendeu de ver a garota já no alto do tanque, girando a escotilha. Apertando os dentes, pôs a mão no primeiro degrau, sentindo o ferro quente por debaixo das luvas de couro, e galgou até o alto, abrindo a escotilha.

O ar que vinha de dentro era abafado e viciado. Ela deixou a escotilha aberta antes de saltar em seu interior, alimentando a esperança que o respiradouro afastasse o cheiro acre de suor e óleo combustível que recendia da máquina de combate.

Lá dentro, inspecionou rapidamente o veículo. Ele era uma máquina de combate, mas também de transporte. Se não estivesse enganada, a especificação do veículo indicava até doze tripulantes, entre o motorista, o artilheiro, um navegador, os operadores das metralhadoras laterais, além de uma pequena tropa de assalto de sete homens. Mas, agora, precisaria manobrar aquele gigante sozinha.

Sem perder tempo, seguiu até a cabine de comando e tomou o assento do piloto. Então, acionou uma alavanca, abrindo a escotilha ao máximo. Precisava de visibilidade total para guiar aquele monstrengo pela trilha íngreme. O sol causticante iluminou uma dezena de interruptores e o dobro disso de alavancas e medidores. As máquinas francesas eram muito mais simples e, por um momento, uma sensação de pânico a invadiu. E se não conseguisse colocar aquela coisa para funcionar?

Levantou os olhos dos controles e olhou pela escotilha. A borda da montanha estava a apenas vinte metros e, depois, precisaria seguir por mais uns cento e cinquenta metros até que o lagarto estivesse em posição. Ela conseguiria.

Precisava conseguir.

Beijando a medalhinha de metal, apertou o botão vermelho e, então, puxou as alavancas que liberavam o combustível. Os motores ganharam vida instantaneamente e, por alguns momentos, Chevalier sentiu o impressionante poder da máquina tremendo sob os dedos no volante.

Com um movimento muito leve, apertou o pedal e os potentes motores mudaram de tom enquanto as engrenagens giravam mais rápido, entrando em operação. As rodas de aço impulsionaram as lagartas mecânicas, que lançaram o veículo para a frente em um soco, jogando Chevalier contra o assento do piloto.

O choque fez seu pé escapulir do pedal e o motor resfolegou e apagou. Mesmo sozinha, sentiu sua face avermelhar. Piscando os olhos, ligou novamente o tanque e voltou a acelerar, muito levemente desta vez.

O tanque avançou devagar, as lagartas triturando a rocha sob seus pés, cada segmento de aço cravando no solo e impulsionando a enorme composição para a frente. Chevalier lançou um olhar para os marcadores, que giravam sem parar, mas a maioria não lhe dizia nada e ela resolveu abandonar a tentativa de compreendê-los. Para uma viagem tão curta e em baixa velocidade, o que diabos poderia dar de errado?

Ela avançou até o sopé da montanha e guiou o veículo para a trilha descoberta pelos homens de Karim. Rapidamente descobriu porque os italianos haviam abandonado as máquinas: a trilha seguia tão estreita que parte da lagarta esquerda estava girando no vazio, mesmo com o tanque raspando na montanha à direita. Pequenos deslizamentos aconteciam de lado a lado, enquanto os motores empurravam aquele monstro de metal morro acima.

Chevalier viu os homens de Karim à sua frente, fazendo gestos encorajadores. Ela gritou, assustada, mas depois de um tempo foi obrigada a desistir. Sua voz se perdia entre o ronco dos motores e das pedras sendo esmagadas. E os homens seguiam poucos metros à frente, mostrando uma confiança na habilidade da agente em controlar a máquina que ela mesma não sentia. Se escorregasse o pé e avançasse mais rápido, poderia atropelá-los.

Faltando uma centena de metros, Karim e seus homens subiram em uma reentrância para deixar os tanques passarem. Chevalier avançou, mas, neste momento, sentiu o tanque soltar um apito agudo. Ela olhou para os lados, alarmada, mas não conseguiu perceber o que aquilo queria dizer. Um momento depois, uma luz vermelha começou a piscar dentro da cabine.

Obviamente aquilo não poderia ser nada de bom. Olhou para os controles e marcadores, mas eles disparavam de um lado para o outro de forma incompreensível. Ergueu-se momentaneamente para observar pela escotilha e percebeu que o ponto onde deveria largar a máquina estava a apenas uns cinquenta metros à frente. Deveria arriscar?

Decidiu que sim. Se o tanque estivesse com problemas, talvez não conseguisse religá-lo. E trazê-lo até ali seria completamente inútil. Precisava arriscar.

Acelerou levemente a máquina. O apito soou mais alto, o que a deixou preocupada, mas não tinha nada o que pudesse fazer. Os controles começaram a tremer com mais força sob suas mãos, enquanto a trilha se tornava mais íngreme e os motores chacoalhavam e resfolegavam. A lagarta à esquerda girou no vazio em uma curva e, por um momento, imaginou que a composição cairia no precipício, mas o tanque era tão pesado que manteve o equilíbrio.

Mais vinte metros, apenas.

Vamos! Vamos!

Quinze metros. Uma luz azul piscou entre os marcadores.

Praga!

Dez metros.

Os controles tremiam tanto que ela precisava usar toda a força para segurá-los.

Nove metros.

A primeira rajada atingiu o tanque. No seu interior, era como se alguém estivesse espocando rojões dentro de seu ouvido.

Oito metros.

Um cheiro de fumaça invadiu o local. Permitiu-se virar para trás e percebeu que a cabine dos soldados estava coberta por uma neblina densa de óleo e vapor.

Sete. Seis. Cinco.

Outras rajadas atingiram o veículo, que perdia potência. Ela afundou o pedal até o fim, mas as lagartas praticamente se arrastavam. Então, alguns momentos depois, o motor simplesmente parou com um uivo agudo.

Ela sentia seus dentes tremerem. O esforço em controlar a máquina provocara uma forte onda de dor em todos os músculos. Tossindo por entre a fumaça, Chevalier fechou a escotilha, que recebia tiros das metralhadoras e se afastou até a traseira do veículo. Ali, soltou a tranca da portinhola do desembarque de tropas e se permitiu um momento para respirar o ar quente, mas sem fumaça, do deserto.

Abaixada, se esgueirou até atrás do segundo tanque, que Justine já estacionara logo após o seu.

— Que diabos foi aquilo? — foi a saudação de Justine, assim que as duas se encontraram.

— Meu tanque estava com problemas — explicou Chevalier, ainda tossindo para se livrar da fumaça.

— Você se lembrou de abrir as ventoinhas de ventilação do motor?

— As... o quê?

Justine apenas ergueu uma sobrancelha. O drozde suricato escondeu os olhos entre as mãos.

— Bem, eles estão aqui, não estão?

A garota balançou a cabeça, enquanto Karim e seus homens se aproximavam.

— Excelente, sahyda — disse ele, dando ordens para dois de se seus soldados, que correram agachados até os tanques. — Eles vão começar a fustigar a casamata em pouco tempo. Estejam preparadas.

Chevalier cuspiu para limpar a garganta do óleo e acenou. Mas, antes, se virou para Justine e Amir.

— Vocês dois vão ficar aqui.

Justine reagiu como se tivesse levado um tapa.

— Isso não é justo! Eu estive do seu lado até agora! Eu...

— Esta é uma operação de guerra, Justine — disse Chevalier, séria. — Você não foi treinada para isso!

— Mas...

— Depois que neutralizarmos as metralhadoras, vocês podem subir.

Justine tentou contra-argumentar, mas Karim interviu.

— Ela tem razão, pequena sahyda — disse ele. — Uma operação a céu aberto não é lugar para uma jovem.

— Sou uma lutadora! — rosnou Justine e seu drozde suricato fez uma cara feia para o berbere.

— Esta é uma operação para soldados, não lutadores.

— E qual é a diferença? — ela perguntou, despeitada.

— Soldados sabem que seu dever é morrer.

Justine ficou chocada demais para responder a isso. Amir se aproximou e pôs a mão em seu ombro.

— Cuidarei dela, agente — disse para Chevalier, que lançou-lhe um sorriso de alívio.

— E devo dizer que este plano é o mais audacioso que já ouvi — acrescentou.

— Obrigada, Amir.

— E o mais idiota e perigoso também.

Karim lançou uma gargalhada.

— Vamos! — disse ele. — E que Alá nos proteja!

— Sim, mas convém manter a cabeça abaixada! — gritou Amir, enquanto se afastavam.

— Um bom conselho — retrucou Karim, seguindo os seus homens.

Karim e Chevalier se posicionaram atrás do primeiro tanque, protegidos tanto por ele quanto pela cortina de fumaça que escapava dos motores.

— Uma providência excelente, sahyda — comentou ele.

A agente sorriu amarelo.

As metralhadoras da casamata haviam parado de disparar depois de um tempo. Agora, reinava um clima de elevada expectativa no ar, que parecia carregado de eletricidade. Karim ergueu o pescoço e observou seus homens, abrindo um sorriso ao vê-los prontos. Então, deu uma batidinha no tanque.

Imediatamente, a metralhadora da máquina de combate entrou em operação, as balas subindo lentamente até alcançar a casamata. Atrás, o segundo tanque também começou a disparar, formando uma malha incessante de balas.

Karim fez um gesto e eles avançaram. Era a hora da verdade. Afinal, ficariam completamente expostos enquanto corressem entre uma posição e outra. A teoria era que os homens da casamata estariam preocupados o suficiente com os tanques para não perceberem a movimentação entre as pedras. Mas tudo dependia de um grande e imponderável *se*.

Chevalier não ousou olhar para o alto. Não faria sentido, na verdade, e era melhor manter-se atenta aos pedregulhos e reentrâncias. Um pé trancado, no meio da batalha, poderia significar a morte.

Mesmo assim, sua mente não poderia ignorar completamente o que acontecia. As rajadas trocadas entre a casamata e os tanques cobriam o céu com o som da morte e da destruição. Era uma sensação horrível saltar de um lado a outro sentindo-se completamente exposta, sabendo que a própria vida não estava mais em suas mãos, por mais habilidosa que fosse. Se uma das metralhadoras resolvesse descer em direção às rochas, qualquer um ali poderia ser abatido muito rapidamente.

Mas eles alcançaram o primeiro ponto de abrigo absolutamente incólumes. Karim se atirou ao lado da Chevalier e seus homens se espalharam atrás de um paredão de rochas.

— Estamos vivos — ela disse, mal acreditando.

— Alá é grande — respondeu Karim.

As metralhadoras cessaram por um momento e, então, recomeçaram, arrancando faíscas da blindagem dos tanques e estilhaços da parede das casamatas. Karim fez um sinal e eles correram novamente.

Os tiros se tornavam cada vez mais nítidos à medida que se aproximavam da casamata, formando um telhado de aço veloz e mortífero. De forma instintiva, corriam abaixados, saltando em zigue zague e mantendo-se o mais afastado possível dos outros soldados. Fora uma providência de Karim, afinal, apresentar um alvo único poderia ser fatal para a campanha. Apesar de perfeitamente lógica, a ideia de diminuir o número de mortes em caso de ataque causava borboletas no estômago da Chevalier.

Ela saltou por entre duas rochas triangulares, deslizou junto a paredão e, subitamente, percebeu uma mudança no padrão das rajadas. Aquilo congelou a sua alma e ela sentiu que seus músculos pareciam ter perdido a força; gritando por dentro, voltou a se controlar e impulsionou o corpo pelos últimos metros, se atirando atrás de uma rocha, sentindo o coração aos pulos.

Mas a metralhadora não descera até as rochas e os homens de Karim alcançaram o segundo ponto sem problemas. Chevalier limpou o suor da testa e dos olhos e, então, percebeu o que acontecera. O primeiro tanque, cravejado de balas, cessara de disparar.

Ela olhou para Karim, que fez uma prece rápida.

— Malik, filho de Nasir e irmão de Ali — disse, olhando para um dos seus homens, que fazia uma dua levantando suas mãos em súplica e pedindo por misericórdia.

Ele tomou um grande gole d'água de um bornal de couro de camelo e passou para Chevalier, que agradeceu antes de beber. Erguendo-se por um momento, avaliou a distância.

— Última corrida, sahyda. Vamos.

Ela assentiu e as metralhadoras voltaram a berrar. Mas, agora, elas ouviam os gritos dos homens dentro da casamata também. Finalmente eles percebiam o que acontecia e as armas estavam sendo reposicionadas.

Mas já era tarde demais. A companhia de assalto se aproximara o suficiente para que o cano das armas não conseguisse se abaixar em um ângulo que pudesse atingi-los. A última corrida seguiu por uma trilha íngreme, que os levou até o platô onde fora instalado a casamata. A porta se abriu de repente e um soldado de negro surgiu com uma metralhadora Beretta em punho, mas ele mal conseguiu levantar a arma antes de ser abatido pelos rifles dos soldados de Karim. Houve mais alguns gritos lá de dentro e, então, um soldado saiu com as mãos estendidas. Karim lançou algumas ordens e se pôs a caminho, com Chevalier em seus calcanhares.

Apesar do alívio pela batalha vencida, Chevalier estava preocupada. Eles estavam perigosamente diminuindo os seus números. Dois homens haviam ficado cuidado dos camelos, dois nos tanques e, agora, mais três permaneceram com os prisioneiros.

— Meus homens são guerreiros, sahyda — disse Karim, quando ela relatou sua inquietação. — Vamos conseguir.

Eles desceram uma trilha que seguia por um pequeno vale e voltaram a subir em outra colina. Seguiam com um passo rápido, entre rochas avermelhadas e precipícios impossíveis. O cheiro da pólvora já ficara para trás quando eles encontraram o acampamento.

Escondidos entre as montanhas, um grande sistema de mineração de ferro havia sido montado a céu aberto. Máquinas gigantescas estavam escoradas junto a pilhas de rochas que brilhavam com um negro brilhoso. Não havia movimentação em parte alguma, com exceção de um barracão junto a duas entradas escuras, provavelmente cavernas, que eram abundantes na região.

— Ladrões — rosnou Karim.

Chevalier concordou. O minério de ferro de Marrocos já fora alvo de disputa entre a França e a Espanha durante a Grande Guerra e um tratado de exploração fora assinado há poucas semanas. O ferro era essencial para a moderna indústria naval e militar e a região de Rife possuía minas abundantes e de grande qualidade. Mas, aparentemente, o Ostia Mithrae não parecia se importar com acordos comerciais ou leis internacionais. Eles simplesmente haviam se instalado e começado a retirar o mineral, levando-o, provavelmente, para o litoral.

Karim e Chevalier examinaram o local até encontrar uma trilha que descia pelo flanco leste. Seria necessário contornar a montanha, mas era melhor do que descer pelo caminho aberto, onde poderiam seriam vistos rapidamente.

Em silêncio, seguiram pela trilha em fila indiana, aproveitando-se da sombra das rochas para se proteger do sol e de algum vigilante. No sopé do morro, pararam para observar mais uma vez o barracão silencioso e, então, seguiram com cuidado, as armas em punho.

O pequeno galpão fora erguido com tábuas pintadas de branco, com janelas em três lados. Eles se aproximavam pela única parede sem janelas, onde portas duplas deveriam dar acesso a algum tipo de abrigo para maquinários mais sensíveis. Chevalier caminhava o mais silenciosamente possível, mas as suas botas de couro pareciam chutar cada pedrinha do caminho e assustar todo lagarto ou cobra que houvesse em um raio de um quilômetro. Os berberes, por sua vez, pareciam prosseguir como se estivessem andando por sobre uma manta de algodão.

Homens do deserto, pensou Chevalier.

Quando estavam há uns vinte metros do barracão, uma porta lateral se abriu e um soldado de negro saiu com um cigarro na boca e um isqueiro na mão. Ele se virou e encarou o grupo de assalto. A visão de uma dúzia de berberes armados e uma francesa com um nunchaku deve ter parecido com algum tipo de miragem para o sujeito, pois ele simplesmente ficou olhando com uma expressão abobalhada, sem acreditar no que via.

Chevalier chegou a levar o dedo aos lábios, mas o italiano subitamente retomou o controle do próprio corpo. Ele deixou cair o isqueiro e tentou puxar a arma das costas, mas os berberes o abateram antes que tivesse a oportunidade.

O som dos tiros alarmou o acampamento e, logo, uma dúzia de soldados partira do barracão, as espingardas com baionetas em punho. Os berberes sacaram suas espadas e, com gritos de guerra, partiram para o ataque.

Chevalier puxou o nunchaku e avançou em direção a três homens. O primeiro soldado tentou atacá-la com a sua baioneta, mas a agente, segurando uma das sessões da sua arma, girou a outra na sua frente, derrubando a espingarda na ida e acertando sua cabeça na volta. O soldado caiu com um *Ugh!* agudo e não se levantou.

Os outros dois foram mais cuidados. Um deles a atacou com dois punhais, girando-os no ar pra confundi-la. Ela deu um passo para trás, ainda girando o nunchaku. Com o canto dos olhos, percebeu que o terceiro soldado tentava se aproximar sorrateiramente pelas suas costas. Ela sorriu e manteve o movimento de girar a arma na frente do peito. Quando o soldado se aproximou ainda mais, ela mudou o movimento em um segundo e o nunchaku foi para a frente, fazendo que o primeiro oponente saltasse para trás e, no mesmo movimento, girou para trás, por cima do ombro, atingindo violentamente a cabeça do segundo soldado às suas costas. Ele caiu, atordoado, e Chevalier saltou para o lado e acertou-lhe um coice no peito. O soldado rolou no chão, enrolado nas próprias vestes.

O último soldado a encarou com fúria. Com um grito, ele lançou o punhal, mas Chevalier já esperava por isso. O nunchaku girou no ar e lançou a arma para longe. Ele avançou imediatamente, cortando com uma segunda lâmina. O golpe atravessou a manga da Chevalier, deixando uma linha rubra em seu ombro.

Ela apertou os dentes e girou nos calcanhares, impedindo que o punhal cravasse em seu braço. A dor ácida desceu pelos seus músculos e ela contra-atacou, acertando com o nunchaku em suas costas e, depois, em seu braço. O punhal caiu no chão e ela o chutou para longe.

Desarmado e sozinho, o soldado fez o que covardes estão acostumados a fazer quando são confrontados: fugiu, deixando o caminho livre para Chevalier. Ela arrancou a manga da camisa e improvisou um torniquete antes de invadir o barração, mas o local estava vazio, a não ser por dois arquivos de madeira e algumas mesas e cadeiras derrubadas no chão. Em um lado, um bule de café passado ainda fumegava, algo estranhamente mundano comparado com o som da batalha que continuava lá fora. Ela examinou muito rapidamente os papéis até que sua atenção foi chamada por uma movimentação lá fora, percebida por uma janela lateral. Um homem fugia para dentro da caverna.

Fosse quem fosse, ele decidira não participar do combate. E pela experiência da Chevalier, os primeiros a abandonar o navio não eram os ratos, mas os comandantes. Ela abriu uma porta nos fundos e correu em direção à montanha, deixando a batalha para trás.

A boca da caverna estava completamente às escuras. Chevalier colocou o goggles e puxou a pistola, guardando o nunchaku. Com cuidado, invadiu o local. Estava em uma galeria escura, repleta de corredores ocultos na escuridão. A caverna era natural, mas diversos compartimentos pareciam ter sido escavados, pois exibiam marcas regulares das garras de aço nas paredes. No alto, uma fileira de lâmpadas apagadas seguia para o interior até onde a sua vista, ampliada pelo goggles, alcançava. O lugar cheirava a pó e óleo e uma fina camada de areia cobria o chão.

Consciente que sua sombra alongada pelo sol formava um alvo excelente, seguiu rapidamente junto à parede, avançando pela escuridão. O goggles indicava veias brilhantes na caverna. Ouro, talvez; ou prata. Em silêncio, seguiu em frente, deixando para trás as pás, picaretas e duas vagonetes motorizadas.

Uma luz bruxuleante logo à frente chamou a sua atenção. Seguiu por um corredor comprido até alcançar uma câmara iluminada por duas lâmpadas incandescentes. Vários caixotes estavam armazenados ali e uma inspeção rápida mostrou uma coleção de linguetas prateadas.

Neste momento, ouviu o som da respiração. Com um gesto rápido, se escondeu atrás dos caixotes. Alguns momentos depois, o som de passos arrastados se aproximou, com um *toc toc* pesado.

— *Signorina? Signorina?*

Um facho incerto e trêmulo atingiu a câmera, seguido por um velho trajando um uniforme negro que parecia um pouco grande demais para ele. Ele parou, respirando com dificuldade, e se apoiou na bengala. Então, balançou novamente a lanterna.

— *Signorina, per favore.* Estou muito velho para estes jogos.

Por detrás da pilha de caixas, Chevalier avaliou o velho. Ele não estava armado e tampouco parecia representar qualquer tipo de perigo. E estava bloqueando a única saída da caverna.

Com cuidado, se levantou com a arma em punho.

— Ah, aí está você! — disse o velho, satisfeito, balançando a lanterna na direção da silhueta de Chevalier. — O meu *angelo da morte!*

Chevalier conhecia boa parte das línguas atuais, além de várias línguas mortas. Fora uma recomendação do Professor Chacarral, que lhe dissera que a língua era a chave para resolver qualquer problema. Mesmo assim, precisou se concentrar para traduzir o que ouvira. Por que ele o chamara de *Anjo da Morte?*

— Como soube que eu estava aqui? — perguntou, cautelosa.

O velho abriu um sorriso enfadado, que, com a careca reluzente, lhe dava a aparência de um gnomo. Ela girou a lanterna para as escoras, onde estavam instaladas as lâmpadas. Junto a uma delas, havia um fio comprido que escapava do recinto; no final, havia acoplado um pequeno cristal preso a uma caixa de metal.

— Câmeras de tubo — se espantou Chevalier.

— Custam uma fortuna, mas dinheiro não é mais problema para a nossa organização — disse o velho, apontando para os caixotes. — Lembro-me do tempo em que precisava tingir a minha camisa negra todos os anos para que não desbotasse. Aqueles eram bons tempos, eram sim. Tempos mais simples, com verdades mais simples.

Chevalier piscou. O velho parecia senil, o que não o tornava menos perigoso.

— Quem é você? Onde está a Mesa?

O velho a encarou com certo espanto.

— A Mesa não importa. E quanto a mim, eu queria conhecer o meu *angelo da morte.*

— Não estou entendendo — ela disse.

— O Anjo da Morte, *signorina* — continuou ele. — O dia do Juízo Final, quando serão julgados os mortos e os vivos. O dia em que os pecados do passado serão destrinchados na frente dos nossos olhos.

Agora, Chevalier tinha certeza de que o velho era senil.

— Quem é você? — repetiu.

O sorriso do velho vacilou por um momento.

— Um velho cansado. Minha avó dizia que os fantasmas do passado retornam quando estamos para morrer — ele disse, olhando para o chão. — Confesso que nunca acreditei muito nisso, mas não posso ir contra os fatos. Se você for o meu Anjo da Morte, parto feliz.

Chevalier estava cada vez mais confusa.

— Não tenho a intenção de matá-lo.

O velho a encarou com espanto.

— Não creio nisso — disse, por fim. — Se não, por que estaria aqui?

— Eu nem lhe conheço!

— Mas eu, sim, *signorita* — ele afirmou, apontando o seu facho para o braço descoberto da Chevalier. — A conheço desde que era *una banbina.* Estive lá quando você ganhou estas marcas.

O chão pareceu subitamente desaparecer sob os pés de Chevalier. Ela precisou se agachar, pois seu estômago se contorceu como se alguém tivesse torcendo suas entranhas. Ela apertou os dentes e, ainda lutando para respirar, dirigiu-se ao velho.

— Você matou os meus pais?

O velho não respondeu a isso, se limitando a se perder em velhas reminiscências.

— Naquele tempo, eu era o Capo, o comandante. Tinha a palavra final sobre o que faríamos e, de certo modo, como faríamos. Mas fui deixado de lado. Minhas opiniões ficaram moles demais para os tempos modernos — rosnou, acrescentando com um esgar. — Tempos modernos? Bah! Uma ideia estúpida para quem diz viver por uma causa de quase três mil anos, não acha?

Chevalier não conseguiu achar uma resposta para isso. Ela sentia que sua alma caia aos seus pés. Durante estes últimos dias, tudo o que a motivara era encontrar o assassino dos pais. E agora, quando finalmente o encontrara, era apenas um velho insano. A única coisa que ela poderia pensar era repetir a pergunta.

— Você matou os meus pais? — perguntou, a arma balançando perigosamente em suas mãos enquanto se aproximava.

Ele a encarou, como se a visse pela primeira vez. Quando falou, sua voz havia perdido a untuosidade e parecia seca, num tom quase de pena.

— Não com as minhas mãos, mas foi como se fosse — disse ele. — Foi quando percebi que a minha alma se perdera nesta busca insana. Não fiz nada para salvá-la naquele dia, mas, de alguma forma, você sobreviveu. E saiu nos jornais.

— *Eu?*

— As marcas, *signorina*. As marcas — disse o velho, mirando a lanterna novamente no braço da Chevalier. — Os jornais não falaram em outra coisa por uma semana. O incêndio, o casal morto e a única sobrevivente, uma garota com o lado esquerdo queimado.

— Você matou os meus pais! — sibilou ela, que não acreditava na piedade do velho.

— *Si*, mas foi necessário. Assim como outras. Muitas outras. Mas o seu renascimento do fogo me deixou sem ação. Senti vergonha e alívio ao mesmo tempo. Desde aquele dia, sabia que nos encontraríamos. Por isso está aqui, *mio angelo de morte*. Quando finalmente estou prestes a conseguir tudo o que quis em minha vida, você está aqui para me mostrar que somos apenas peões para a causa divina. Justiça, *bambina*. Justiça!

— Você é louco — rosnou ela, em desprezo.

— É louco um homem que dedica toda a sua vida por uma causa? — perguntou ele. — Talvez seja, mas depende da causa. A nossa era divina, era o que nos diziam. Mas foi repleta de sangue. Muito sangue. Não só dos seus pais. Sangue derramado. E este sangue exige uma resposta.

— Que causa é esta? — perguntou ela, se aproximando ainda mais e ligando a sua lanterna. Ela apontou para o símbolo no peito do velho. — O que é a Ostia Mithrae?

— Uma antiga causa, nascida com os verdadeiros romanos — disse o velho, com os olhos ardentes.

— O culto a Mithra — disse Chevalier.

— *Si. Perfectamente.*

— Mas por que a cruz?

— A Mithra representa o touro e o lobo — ele disse. — A Ostia representa a nossa ligação com Deus. Nós somos descentes de Rômulo e Remo. Somos os fundadores da Nova Roma!

Chevalier observou o estandarte da *Aquila* no meio da insígnia, o antigo símbolo do império romano. Mesmo que esta organização existisse, isso não explicava o que eles estavam fazendo ali.

— E por que buscam a Mesa de Salomão?

— Como o seu pai dizia, buscamos os três pilares da sabedoria de Salomão: a Mesa, o Tabulário e o Menorá. São nossos tesouros por direito. Quando o recuperarmos, seremos invencíveis e refundaremos o Império.

— Mas estes são tesouros judaicos — ela reclamou — Salomão era israelita.

— Isso é o que diz a falsa Bíblia — ele rosnou, em um tom de desprezo. — Nossos arquivos nos dizem algo diferente. Salomão foi o primeiro a sentar sobre o trono do lobo. O trono da *Lupa!*

Chevalier piscou, atônita. A lenda dizia que o trono de Salomão realmente possuía um lobo, ao lado de outros *onze* animais: um leão, um boi, um carneiro, um tigre, um camelo, uma águia, um pavão, um gato, um galo, um falcão e uma pomba. Se deter em apenas um dos símbolos era uma tentativa absurda de criar uma falsa ligação entre culturas tão diversas. Nenhum arqueólogo aceitaria algo deste tipo.

Mas, na verdade, aquela nunca fora uma expedição arqueológica. Ela estava lidando com assassinos, escravagistas e ladrões. Nenhum tipo de estupidez era pouca para este tipo de gente.

— Isso é loucura.

O velho deu de ombros.

— Uma tumba egípcia no Marrocos também é, mas, no entanto, nós a encontramos. E as pesquisas de seu pai foram fundamentais para isso.

Chevalier balançou a cabeça. Não chegaria a lugar algum deste modo. De todo o modo, ainda tinha uma pergunta na mente.

— Quem matou os meus pais?

O velho balançou a cabeça, como se estivesse se livrando de uma mosca.

— Um rapaz. Um rapaz, na época. Não importa. Você tem a mim, não tem? O ciclo se fecha. E talvez seja melhor assim. Não confio mais na organização a quem servi por toda a minha vida. Não conheço mais seus desígnios. Talvez seja melhor eu partir antes que me arrependa em vida.

— Quem é ele? — insistiu ela.

— *Vendetta* — reclamou ele, balançando a cabeça. — Vingança não tem fim. Não. Não. Você é o meu *angelo*. Não o dele.

— Você me deve.

O velho olhou de soslaio para ela.

— Sim, talvez eu deva.

Mas permaneceu em silêncio enquanto baixava a lanterna. Arrastando os pés, ele se aproximou da parede.

— Você era o comandante. O responsável — ela insistiu. — Você sabe quem é ele.

O velho sorriu.

— *Si*. Eu era o Capo. E agora, *ele* é quem manda.

— O novo comandante? — perguntou Chevalier, se aproximando. — É ele o assassino dos meus pais? O novo Capo?

O velho se aproximou das escoras e parou para recuperar o fôlego.

— Não, eu mantive o título. Rebaixaram-me a chefe da segurança, mas mantive o título. Fui eu que negociei o acordo com Loup, sabe? — ele disse, com um brilho no olhar, que logo desapareceu. — Mas isso não importa mais. Eles não seguem mais nenhum comandante, mas apenas o líder.

— Que líder?

— *Il Duce, signorina*. O homem que procura é *il Duce*.

Chevalier deixou que aquela informação chegasse até a sua mente. Não tinha ainda um rosto, mas, agora, a sua busca tinha um nome. Então, voltou-se novamente para o velho quando um brilho alaranjado surgiu no meio da tumba.

Ele riscara um fósforo e, agora, acendia o pavio de uma banana de dinamite.

— O que está fazendo?!

— Shoshenq I — ele disse, pensativo. — Você esteve lá, não é? Claro, é filha do seu pai.

O velho tossiu e continuou.

— Shoshenq foi um homem com ideias grandes demais. Ele comandou um vasto império, mas fugiu para os confins do mundo para ser enterrado longe da família, pois não confiava mais em seus próprios descendentes.

Ela deu um passo, receosa.

— Eu também, *signorina*. Eu também. E aqui, tão longe de casa, estas montanhas serão um túmulo adequado para um soldado antigo que perdeu a fé.

— Você…

— Me deixe agora, Chevalier da França — pediu ele, resmungando enquanto se sentava no chão. — Este não é o lugar para vivos, mas para os mortos. Vá! Vá!

Chevalier deu um passo para fora, mas ainda voltou uma última vez.

— A Mesa. Onde está a mesa?

O velho levou a mão ao coração. Ele apertou a banana da dinamite antes de responder.

— A Mesa… Eu a vi. Apenas por um momento, é claro. Mas eu a vi. É linda, *signorina*. É linda!

Ele esfregou os olhos e voltou a segurar a dinamite junto ao coração.

— Com o Duce — disse, por fim. — Encontre o Duce e encontrará a Mesa.

Ela pensou em insistir, mas o pavio estava curto demais. Apertando os dentes, ela deixou a câmera e correu para os túneis.

A explosão demorou ainda quase dez segundos para acontecer e atingiu primeiro os pés da Chevalier e, então, seus ouvidos. O chão tremeu como em um terremoto quando toneladas de pedras e rochas caíram em meio das galerias, enterrando para sempre o Capo e seus pecados.

Tossindo e cega pela nuvem de poeira que se levantou após o desmoronamento, Chevalier saiu trôpega de dentro da caverna, apenas para ser recebida por um som que congelou seus ossos.

O rugido do leão irrompeu por entre o vale, um rosnado de desafio e fúria. O leão de Atlas é a maior subespécie conhecida dos leões e aquele exemplar em particular parecia um dos maiores já avistados. Ele se aproximava pelo alto da colina, os seus quase trezentos quilos se movimentando com a graça característica dos felinos.

O leão rugiu mais uma vez, preparando-se para o ataque. Saltando do alto da montanha, ele descia cada vez mais rápido.

Chevalier, exausta física e emocionalmente, apenas encarou o felino, tentando imaginar um plano de ação. A arma ainda estava em suas mãos, mas não se sentia confortável em sacrificar o animal apenas porque ele estava seguindo a própria natureza. Por um momento, chegou a pensar em voltar, mas a caverna, após a explosão, poderia ser mais perigosa que o próprio leão.

Então, era isso. Ela e o animal. Um contra o outro. A civilização contra a selvageria. Dia e noite. Vida e morte. Morte e ressurreição.

O leão se aproximava. Os olhos amarelos do felino encararam os dela. Ele rugiu mais uma vez e, então, Chevalier respondeu.

O urro surgiu do seu baixo ventre, empurrando toda a frustração e a dor que alimentara nas últimas semanas. As cicatrizes, a carreira interrompida, a ausência dos pais, os escravos no campo, as batalhas sucessivas. Tudo foi engolfado de uma vez só. Morte, dor e sacrifício, reunidos em um gesto de ódio.

Ela abriu os braços e gritou como nunca gritara antes, como nunca imaginara que pudesse gritar. E como o leão do Atlas, o maior felino do planeta, nunca esperara.

O leão escorregou nas patas dianteiras, freando, surpreso

e irritado. Ele soltou um segundo rugido, mas era muito mais um grito de aviso do que um desafio. Chevalier baixou os braços, respirando forte, os olhos grudados nas pupilas douradas do animal.

Ele balançou a cabeça, girando a juba de um lado para o outro e se aproximou, cauteloso. Chevalier permaneceu imóvel, seu peito subindo e descendo, sem ousar piscar para o felino. O leão se aproximou e soltou um fungado, como se fosse um espirro, elevando a pata por um momento e deixando-a cair, curioso.

Era algo quase irreal. Uma patada e estaria tudo terminado. Durante toda a sua vida, Chevalier lutara para manter o controle. Escolhera a profissão que amara desde criança, mas o destino lhe arrancara a chance. Aceitara o manto da Chevalier da França porque disseram que era incapaz. E agora, ali, no meio das montanhas escarpadas da Cordilheira do Atlas, finalmente compreendeu que, muitas vezes, a vida não era o que fora planejado, mas o melhor que poderia ser feito com que recebia.

O leão sentou-se sob as patas traseiras e coçou a orelha com a pata dianteira. Olhou ao redor, quase como se estivesse entediado. Chevalier sorriu.

E assim eles permaneceram por um longo minuto, antes que um grito berbere precedesse a chegada de vários soldados de Karim. Um deles levantou a espingarda, mas Chevalier segurou seu ímpeto com um gesto rápido. O leão se virou com um rugido, fungou em direção à Chevalier e se afastou em um trote lento, como se indicasse que ele estava deixando o local apenas pela própria vontade.

Os berberes a encararam com admiração e respeito, mesmo que dois deles tenham feito o sinal da invocação contra o demônio. Chevalier os ignorou. Estava cansada demais para isso.

Um rugido detrás das montanhas, como uma provocação final aos invasores aos seus domínios, pôs fim as hostilidades no campo de ferro.

10.

Duas semanas depois, alcançaram o porto de Melilla. Após a batalha, Chevalier, Karim e Justine ainda tentaram uma última cartada correndo até o litoral, mas tudo o que encontraram foi uma marina clandestina vazia. A Mesa seguira para Roma, fora do seu alcance. Sem o tesouro, seguiram o litoral até Melilla.

Uma pequena investigação convenceu Chevalier que a guarnição era fiel à Rainha e não sabia dos planos do Coronel Loup ou da presença da Ostia Mithrae. Reforçados pelos soldados franceses, Abd al-Karim retornou ao deserto para libertar os escravos que trabalhavam nas escavações da tumba, mas encontraram o local abandonado. A Ostia Mithrae fugira logo após a batalha nos campos de ferro, libertando os escravos e desaparecendo no deserto.

Com um relatório escrito às pressas pela Chevalier, o tenente Mercier partiu para Paris em uma corveta a vapor da marinha francesa. Alguns dias depois, uma frota completa desembarcou em Tânger. Sua missão: prender Loup e seus acólitos.

Um novo governador foi nomeado e a paz com os berberes assinada em Tetuán. A mina de ferro foi reaberta, sob domínio francês, mas os lucros seriam divididos com todas as tribos da região. Loup foi enviado para Paris onde um julgamento sumário o condenou a uma passagem só de ida para a terrível Ilha do Diabo, a inexpugnável prisão na Guiana Francesa.

Enquanto isso, Chevalier e Justine retornaram até Tânger para supervisionar a prisão dos seguidores de Loup e manter a paz na região até que o novo governador assumisse suas funções. Ela também providenciou a ida da sobrinha de Amir para Paris. Com suas conexões no Museu, não foi difícil conseguir uma bolsa de estudos para a garota.

Livre de compromissos oficiais, Chevalier passou os dias pesquisando na Biblioteca Real. Alguns dias depois, a delegação francesa do Museu Nacional se reuniu com Chevalier no Museu Nacional de Marrocos. Eles partiriam para Beni Bouchaïb nos próximos dias para assumir as escavações da tumba de Shoshenq e a catalogação das peças. Eles queriam informações sobre a tumba egípcia e a agente passou uma tarde muito agradável entre os escolásticos.

Isso até a chegada do Prof. Chacarral. Ele estivera reunido com novo governador de Marrocos durante o dia para acertar os detalhes da expedição. O seu olhar pousou apenas por um momento sobre Chevalier e, apesar do título que ostentava, a agente se sentiu apenas como a garota tímida que fora orientada pelo famoso arqueólogo.

— Já temos todas as informações necessárias — ele falou, se dirigindo aos seus colegas. — Não precisamos mais perder tempo entre caçadores de tumbas.

O insulto corroeu o coração da agente, que se afastou com o máximo de presteza que a sua dignidade permitia. Os passos eram firmes, mas suas mãos tremiam enquanto ela deixava o museu e avançava pelas ruas barulhentas da cidade.

Quando retornou ao hotel, Justine lhe entregou um telegrama. O Major Durand a felicitava pela solução do caso e mandava passagens para o retorno à Paris nos próximos dias. Não havia menção a uma nova missão, mas Chevalier sabia que isso era apenas uma questão de tempo.

Ela amassou o bilhete e foi para o banho em silêncio. Não jantou naquela noite e se Justine não estivesse tão cansada —

ela passara os últimos dias perambulando por Tânger com Amir —, teria notado que a agente passara a noite em claro, remexendo-se entre os lençóis.

No outro dia, Chevalier foi até a agência dos Correios e enviou e recebeu diversos telegramas, confirmando o que já sabia. Perto do meio-dia, uma última mensagem de Versalhes[4] colocou um ponto final em suas dúvidas.

À tarde, chamou Justine e Amir para tomar um café no terraço de um pequeno hotel e aproveitar o pôr do sol dourado entre a ampla via que se estendia a partir do principal bazar de Tânger. O local, repleto de tapetes, espreguiçadeiras e mesas, era agradável e cosmopolita, frequentado por árabes e europeus de todos os lugares.

Por um momento, eles se deleitaram com a passagem de uma procissão nupcial, com seus músicos e flautistas, enquanto os noivos eram saudados. Houve muitas preces e desejos de felicidade e mesmo Chevalier levantou o seu copo de café em honra aos nubentes.

— Pena que vamos precisar ir embora — disse Justine, entre bocados de b'stilla, uma comida marroquina que a garota se apaixonara nos últimos dias e que comia entre grandes bocados. A receita tradicional envolvia camadas de massa muito finas recheadas com carne de pombo, amêndoas e ovos condimentados com açafrão, canela e coentro, tudo polvilhado com açúcar e canela.

Chevalier se recostou contra a própria cadeira.

— Hum. Hum — resmungou, bebericando café.

Justine percebeu a expressão da agente.

— O que foi?

— Andei refletindo — disse Chevalier, largando as palavras como se estivesse pensando alto.

— Alá seja louvado — disse Amir, pousando a sua xícara.

---

4 O Palácio de Versalhes é um castelo nos arredores de Paris e símbolo da família real francesa.

— Dizem que, ao educar uma mulher, estarás a instruir uma Nação. Mas, no seu caso em particular, sahyda, pensar demais é sinônimo de problemas.

— Nossa passagem é para depois de amanhã — comentou Justine, ignorando Amir.

— Sim, mas tenho algumas férias acumuladas. A Rainha Catarina me liberou de minhas funções, por enquanto.

Justine ergueu as sobrancelhas, espantada, mas foi Amir que tomou a palavra.

— Por que quer ficar, sahyda?

Chevalier recostou-se contra a cadeira antes de falar.

— O Ministério do Exterior pressionou o Reino da Itália, mas, até agora, eles dizem não conhecer a tal Ostia Mithrae ou seus objetivos. A Mesa, para todos os efeitos, ainda permanece um mistério arqueológico.

— Então, não deveríamos seguir para Roma? — perguntou Justine.

Chevalier balançou a cabeça.

— O Bureau não pretende criar um incidente internacional por causa de um artefato arqueológico. Não agora, recém-saídos de uma guerra mundial.

— Uma decisão sábia, na verdade — disse Amir. — Então, quais são os seus planos?

— A Ostia Mithrae está atrás dos tesouros de Salomão — disse ela, com os dentes trincados. — E eles tiveram muito tempo para traduzir os escritos da tumba. Os hieróglifos, se não estou enganada, mencionavam três tesouros de Salomão capturados pelo antigo faraó, mas somente a Mesa foi encontrada. O velho Capo mencionou o Tabulário e o Menorá.

— Achei que o Museu Nacional estivesse a cargo das investigações — disse Justine.

— Eles *estão* — concordou Chevalier. — Mas eu estou atrás da Ostia Mithrae. Na verdade, estaríamos por nossa conta e risco.

Justine, que sabia que isso significaria adiar a entrada na

universidade por, pelo menos, um semestre, aplaudiu como uma criança na frente de um bolo de aniversário.

— Uma corrida pelos tesouros! — ela disse, esfregando as mãos. — Quando partimos?

— *Se* formos embarcar nesta missão, vou precisar de um guia — comentou Chevalier.

A reação de Amir, como era de se esperar, foi mais comedida.

— Eu vou ser sequestrado, agredido ou morto nesta pequena aventura?

— Não garanto nada — disse Chevalier, piscando um olho.

— Sim, imagino que não possa garantir — rosnou ele, franzindo o cenho e permanecendo em silêncio.

— Posso lhe oferecer mais duas gemas — disse Chevalier, lembrando-lhe dos diamantes.

— Não me ofenda, sahyda — disse Amir, parecendo chocado. — Nunca poderia aceitar por menos de três gemas.

Chevalier gargalhou, mas Justine pareceu ultrajada.

— Mas a audácia deste...

— Tenho duas esposas — interrompeu Amir, erguendo uma sobrancelha. — E preciso sustentar vários filhos e filhas. Além disso, preciso explicar para ambas que vou passar várias semanas em uma longa viagem com duas belas agentes francesas.

Justine soltou um muxoxo, mas bem mais baixo desta vez.

Amir soltou a respiração.

— Não sei se Marrocos aguentaria a sua presença mais duas semanas, mas, Alá é testemunha, farei o possível para que o país sobreviva. Onde estão os tesouros?

— Não sei, Amir — disse Chevalier, dando de ombros e, então, virou-se para o horizonte, onde o sol descia sobre o deserto.

— Ainda.

Entre os deuses, a engrenagem do Destino girou mais uma vez.

Caixa Postal 7501
CEP 90430-970 – Porto Alegre – RS
contato@aveceditora.com.br
www.aveceditora.com.br

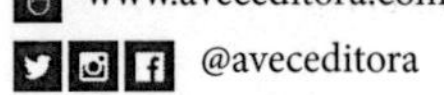

@aveceditora